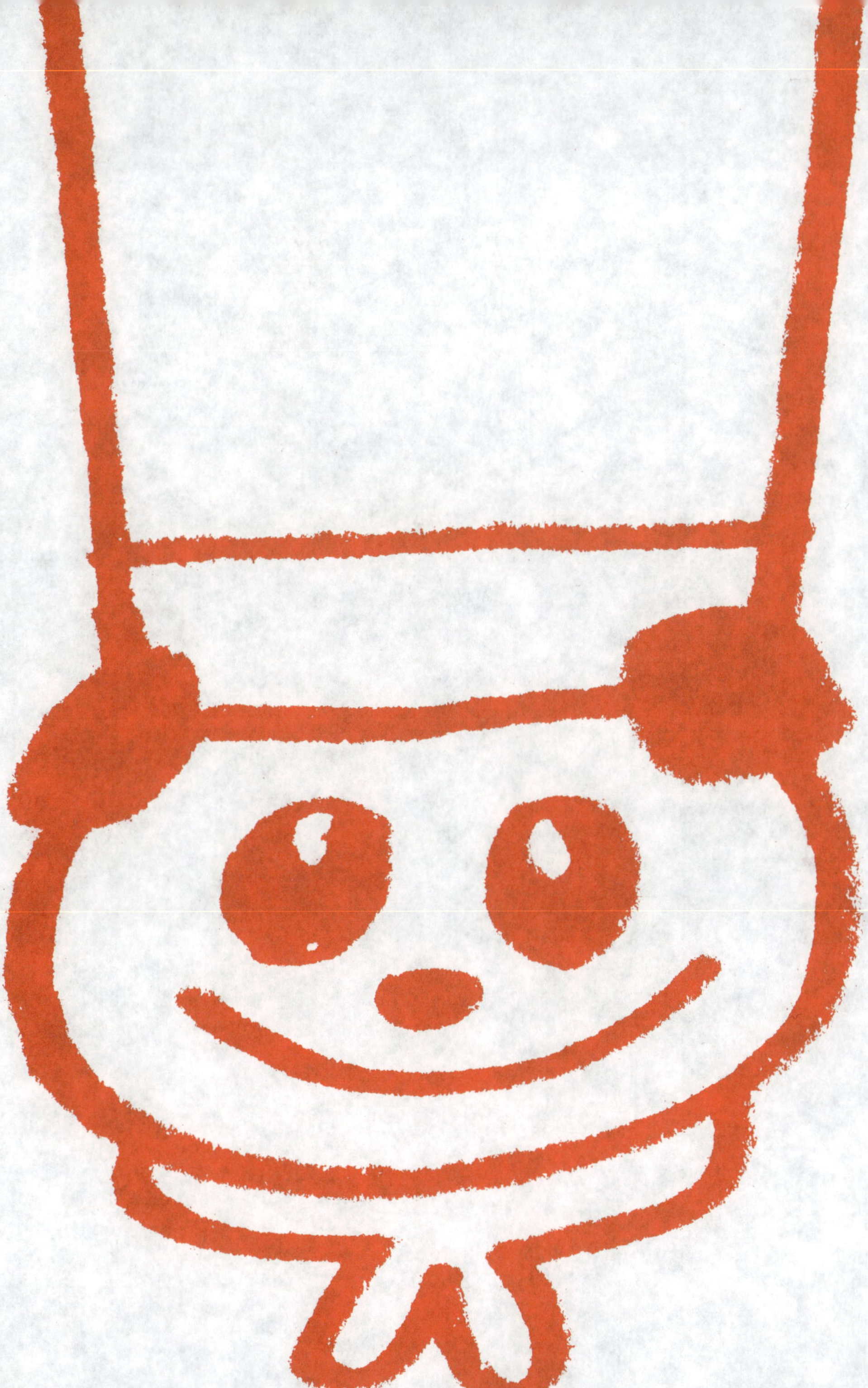

魔《ま》法《ほう》のハロウィン・パイ

作《さく》・野《の》中《なか》柊《ひいらぎ》　絵《え》・長《なが》崎《さき》訓《くに》子《こ》

理論社

ねこのチビコちゃん

〈きら星亭《ぼしてい》〉のウェイトレス。

ポンポンとは、
兄《あに》と妹《いもうと》のようになかよし。

パンダのポンポン

街《まち》で一番人気《いちばんにんき》のレストラン
〈きら星亭《ぼしてい》〉のコックさん。
とっても食《く》いしん坊《ぼう》。

カバのカヨおばさん

カバのタロー、ジロー、
ハナのおかあさん。
おこりっぽくてこわいけれど、
愛情《あいじょう》にあふれている。

カバのハナ

タローとジローの妹《いもうと》。
おとなしくて、
おっとりした女《おんな》の子《こ》。

クジャクの
ジャッキー

〈きら星亭《ぼしてい》〉のオーナー。
お金持《かねも》ちで旅行好《りょこうず》き。
女王《じょおう》さまの扇《おうぎ》のような
りっぱな羽《はね》がじまん。

キツネのツネ吉《きち》

自動車《じどうしゃ》のセールスが仕事《しごと》。
はでな色《いろ》のブレザーを
たくさん持《も》っている。

ヤギのギイじいさん

のんきで、やさしい、おじいさん。
ときどき、みんなの
リーダーシップを取《と》る。

キリンのリン

スーパーマーケットの
オーナー。長《なが》い首《くび》が、
とてもべんり。

カバの兄弟《きょうだい》、
タロー（ひだり）とジロー（みぎ）

やんちゃで元気《げんき》なイタズラっ子《こ》。
おこられても、へこたれない。

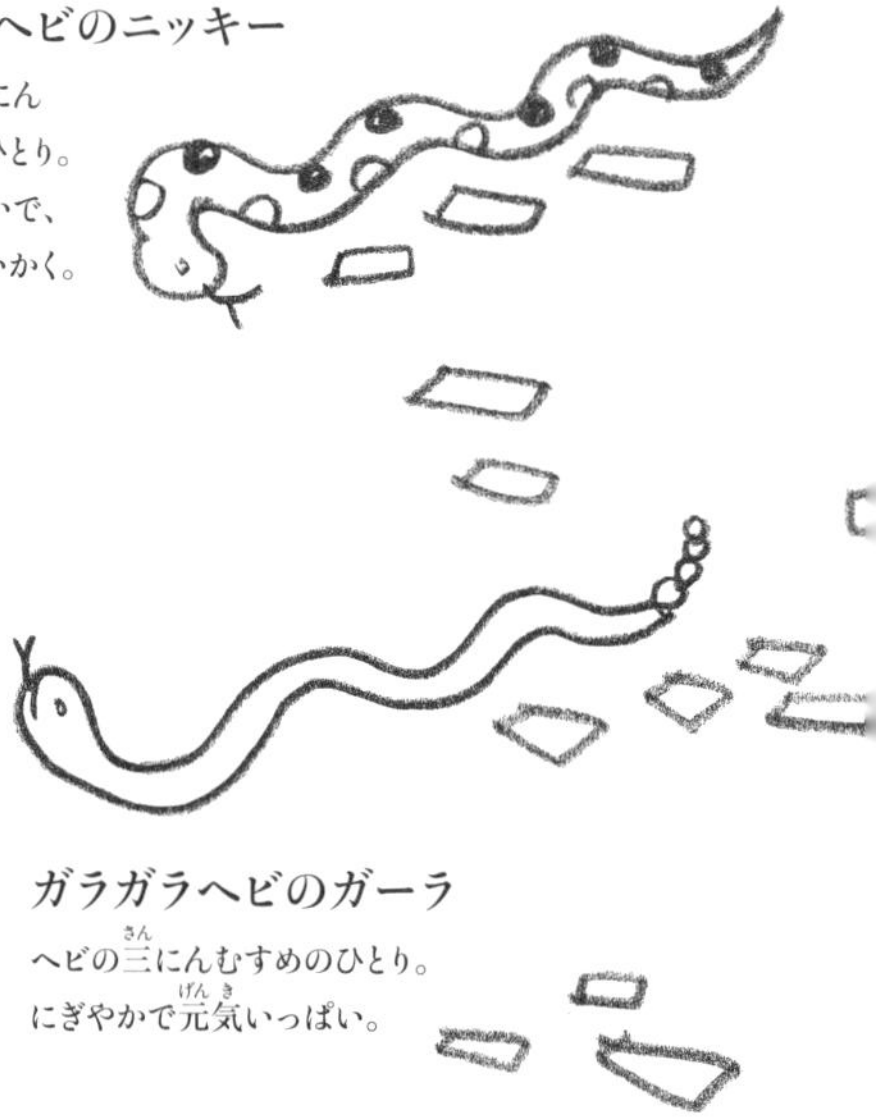

ニシキヘビのニッキー

ヘビの三《さん》にん
むすめのひとり。
友《とも》だち思《おも》いで、
明《あか》るいせいかく。

クスクスのクウ

木《き》の枝《えだ》にシッポを
くるくる巻《ま》きつけて、
さかさに
ぶらさがっている。
なぞの動物《どうぶつ》。

ガラガラヘビのガーラ

ヘビの三《さん》にんむすめのひとり。
にぎやかで元気《げんき》いっぱい。

コブラのラブコ

ヘビの三《さん》にんむすめのひとり。
楽《たの》しいことを
見《み》つけるのがとくい。

コアラのララコ

お花屋《はなや》さんの店員《てんいん》。
かわいいもの、
きれいなものが大好《だいす》き。

もくじ

第一話

魔《ま》法《ほう》のハロウィン・パイ

今夜《こんや》は、ハロウィン！

だから、ほら！

あんな顔《かお》、こんな顔《かお》、へんな顔《かお》？

街《まち》の通《とお》りのあちこちに、ごろんと置《お》かれた、大《おお》きな顔《かお》、小《ちい》さな顔《かお》。

いろんな顔《かお》があります。なんでしょう？

ジャック・オ・ランタンです。知《し》っていますか。かぼちゃをくりぬいて、目《め》や鼻《はな》、口《くち》を開《あ》けて作《つく》ったちょうちんです。

この街《まち》でいちばん人気《にんき》のレストラン、きら星亭《ぼしてい》の入口《いりぐち》のわきにも、もちろん、いくつか置《お》いてあります。

日《ひ》が暮《く》れて、あたりが暗《くら》くなってきたころに、

「やあやあ、かぼちゃさんたち」

パンダのポンポンは元気《げんき》に声《こえ》をかけながら、ランタンの中《なか》にろうそくの火《ひ》を灯《とも》していきました。

「きみは三角形《さんかっけい》の目《め》なんだね。おっ、こっちのきみは、つり目《め》なんだ？　ちょっと、こわそう。ずいぶんと細《ほそ》い目《め》のかぼちゃさんもいるぞ。きみは優《やさ》しい感《かん》じだね」

ぱくっと口《くち》を開《あ》けて、笑《わら》っているのかな？　それとも、さけんでいるのかな？　ろうそくの火《ひ》がちらちらゆれて、ときどき表情《ひょうじょう》が変《か》わるように見《み》えます。なんだか、声《こえ》まで聞《き》こえてきそう。

「火《ひ》を入《い》れたら、まるで生《い》きてるみたい！」

ねこのチビコちゃんが言《い》いました。

「あらっ。ほんとうね！」

クジャクのジャッキーも満足《まんぞく》そうです。

きら星亭《ぼしてい》のお客《きゃく》さんが持《も》ってきてくれたランタンもあれば、ポンポン、チビコちゃん、ジャッキーが作《つく》ったランタンもあります。

それぞれ顔《かお》つきがちがっていて、なんて、おもしろいのでしょう。

「これ、チビコちゃんが作《つく》ったやつでしょ？　似《に》てるよね、きみに」

目《め》がくりっと丸《まる》くて、かわいらしいランタンを指《ゆび》さして、ポンポンが言《い》いました。

うふふ、とチビコちゃんが笑《わら》いました。

すると、ジャッキーがうなずいて、

「そうなのよ。自分《じぶん》に似《に》せて作《つく》ろうとしたわけじゃなくても、どういうわけか似《に》てくるものなのよね」と言《い》いました。

「ほら、どれがワタクシのランタンか、一目見《ひとめみ》れば、わかっちゃうでしょう？　美《うつく》しくて気高《けだか》い感《かん》じがして」

つんと気取《きど》って、なにやら得意《とくい》そうな顔《かお》つきのランタンがありま す。これがジャッキーが作《つく》ったものにちがいありません。

「じゃあ、ぼくのランタンも、ぼくに似《に》ているのかなあ？」

それを聞《き》いて、ジャッキーとチビコちゃんは思《おも》わず顔《かお》を見合《みあ》わせて、くすっと笑《わら》いました。そりゃあ、だれが見《み》たって、すぐに言《い》い当《あ》てられるでしょう。

だって、ポンポンが作《つく》ったものは、ここにあるランタンの中《なか》でいちばん大《おお》きくて、ちょっとたれ目《め》、口《くち》もめいっぱい開《あ》けていて、すっごく食《く》いしん坊《ぼう》の顔《かお》をしているのです。

そのポンポンのランタンに火《ひ》を灯《とも》したところで、ぱんぱんっと手《て》を打《う》ち合《あ》わせて、ジャッキーが言《い》いました。

「もうあんまり、のんびりはしていられなくてよ。ほら、やらなくちゃいけないことが、まだ残《のこ》っているでしょう?」

「そうだ、そうだったね」とポンポン。

「たいへん！　間《ま》に合《あ》うかな？」とチビコちゃん。

すこし慌《あわ》てたようすで、レストランの中《なか》へと入《はい》っていきました。

どうしたの？　あのね、今夜《こんや》、きら星亭《ぼしてい》で、ハロウィン・パーティーが開《ひら》かれることになっているのです。

だから、そのしたくをしなくちゃ！

ね、見《み》て！　窓《まど》ガラスには、オバケや火《ひ》の玉《たま》、コウモリ、クモ、クモの巣《す》などのかたちに切《き》りぬいた黒《くろ》い紙《かみ》がはりつけてあって、影《かげ》絵《え》のようではありませんか。

そして、天井《てんじょう》からは、やはりオバケやコウモリ、三日月《みかづき》、星《ほし》などのモビールがつるされ、かぼちゃ色《いろ》の風船《ふうせん》があちこちに、ふわり、ふわふわ飛《と》んでいます。かべには、ガイコツやオバケやしき、オオ

カミ男《おとこ》の絵《え》も描《か》かれています。

もちろん、料理《りょうり》のほうも、ちゃくちゃくと進《すす》めています。

「いい匂《にお》いがするわねえ。今夜《こんや》のごちそうは、えーと、なんだったかしら。ポンポン、なにを作《つく》っているの？」とジャッキー。

どれどれ？　調理台《ちょうりだい》の上《うえ》に置《お》かれた、あともうちょっとで完成《かんせい》する料理《りょうり》の数々《かずかず》を見《み》てみましょうか。

グラタン、ドリア、ポタージュスープ、サラダ……

「どのお料理《りょうり》にも、かぼちゃが入《はい》っているんだよ」とポンポン。

クッキー、チーズケーキ、クレープ、プリン……

「デザートも、ほら、かぼちゃのお菓子《かし》だよ」とチビコちゃん。

でも、街《まち》の動物《どうぶつ》たちがいちばん楽《たの》しみにしているのは、きっと、これ！　ええ。やはり、これでしょう。

チビコちゃんが大《おお》きな冷蔵庫《れいぞうこ》のとびらを開《ひら》いたら、いくつもいくつも入《はい》っていたのは——ああ、パンプキンパイ！　みんなが大好《だいす》きなお菓子《かし》だから、ポンポンもはりきって、たくさん作《つく》ったのでした。

「今年《ことし》も、このとくべつなスイーツを

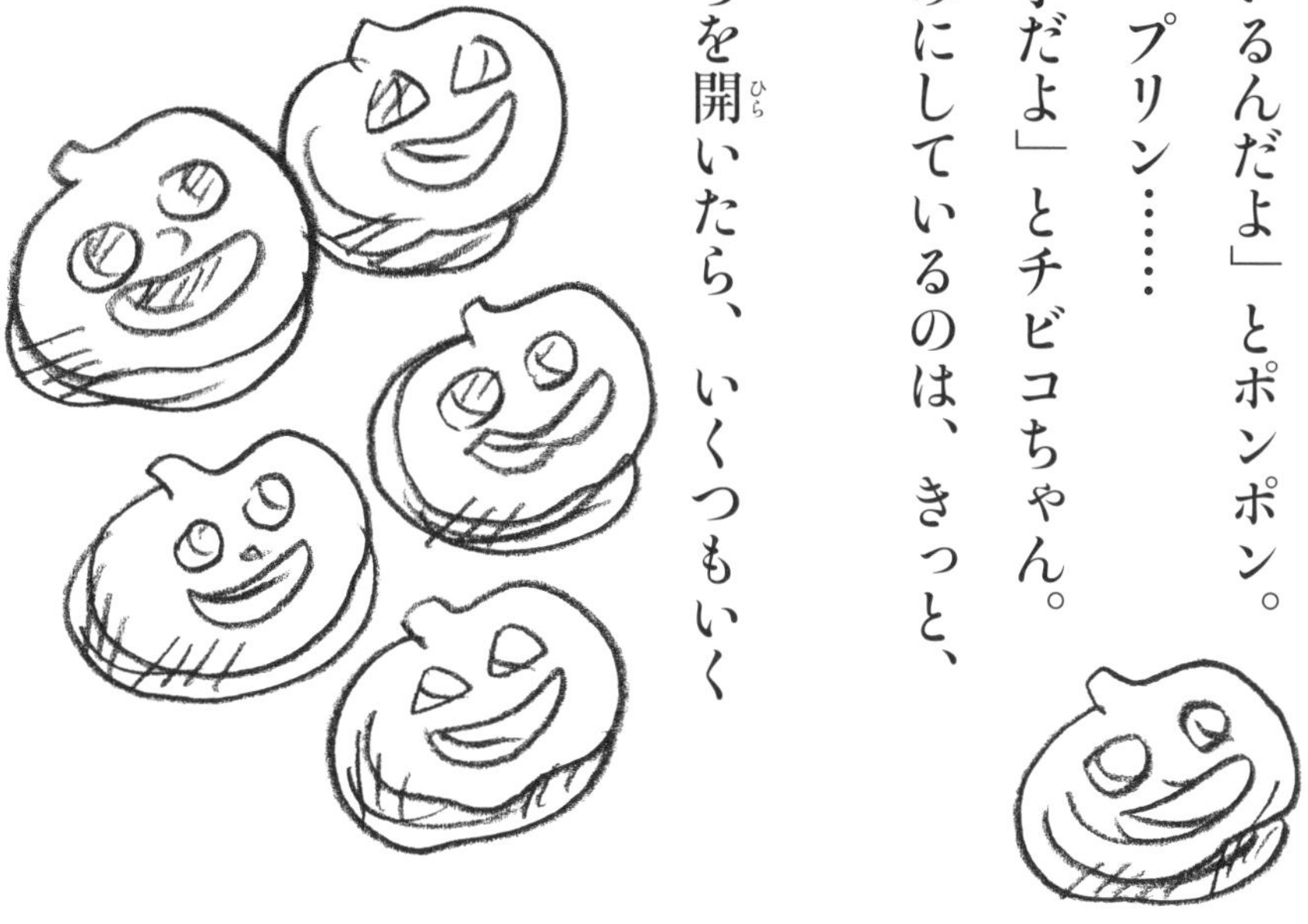

食《た》べられるのね」

　ジャッキーがうれしそうに言《い》いました。

「ポンポン、チビコちゃん、知《し》っている？　ハロウィンっていうのはね、もともと秋《あき》の実《みの》りをお祝《いわ》いするお祭《まつ》りだったんですって」

「秋《あき》の実《みの》り？」

「そうよ。秋《あき》になると、かぼちゃはもちろん、ほかにも、木《き》の実《み》やくだもの、きのこ、お米《こめ》……いろいろと採《と》れるでしょう？　だから、そのことに感謝《かんしゃ》して、お祝《いわ》いをするってことなの」

「そっか。じゃあ、やっぱり、おいしいものをいっぱい食《た》べて、ごちそう、ありがとう！　ごちそうさま！　って日《ひ》なんだね」

　ポンポンはうなずきましたが、チビコちゃんは首《くび》をかしげて、

「でも、どうして、ちょっとこわそうな飾《かざ》りつけをしたり、コスチュームを着《き》たりするのかな？」

「そりゃあ、オバケやガイコツ、魔女《まじょ》や怪物《かいぶつ》も、みーんな、おいしいものが食《た》べたいからじゃないの？　ぼく、その気持《きも》ち、とってもよくわかるな」とポンポンがぺろりと舌《した》を出《だ》して、口《くち》のまわりをなめながら言《い》いました。

「毎日《まいにち》がハロウィンじゃないのが残念《ざんねん》だよね。ぼく、いつだってパンプキンパイを作《つく》りたいよ、食《た》べたいよ」

「おやまあ、そうでしょうとも」

ジャッキーは、くくくっと笑《わら》って、

「さあ、お料理《りょうり》の仕上《しあ》げをしてしまいましょうよ。もうしばらくしたら、みんながやって来《く》るわよ。お腹《なか》をぺこぺこに空《す》かせてね」

「あ、ほんとだ。近《ちか》づいてるよ。だんだん、こっちへ来《く》るよ」

チビコちゃんもとがった耳《みみ》を、いつもよりいっそう、ぴんととがらせて言《い》いました。

ほら、聞《き》こえてくるでしょう？

たった今《いま》も、街《まち》のあちこちで、

「トリック・オア・トリート！」

動物《どうぶつ》たちがこの夜《よる》のために準備《じゅんび》したコスチュームを身《み》につけて、お店《みせ》やおうちを訪《おとず》れ、お菓子《かし》をくれなきゃ、いたずらしちゃうぞ！と言《い》って、お菓子《かし》を集《あつ》めているというわけです。

「さあさあ、パーティーのしたくが整《ととの》ったら、ワタクシたちも仮装《かそう》

して、みなさんをお迎《むか》えしなくちゃね」とジャッキー。

「そうだよ。急《いそ》ごう、急《いそ》ごう」とチビコちゃん。

「よーし。まかせといて」

さっそく、ポンポンは料理《りょうり》のつづきに取《と》りかかったのでした。


さて、だんだんと夜《よる》の気配《けはい》が濃《こ》くなっていって、群青色《ぐんじょういろ》の空《そら》に三《み》日月《かづき》がくっきりと青白《あおじろ》く浮《う》かびあがったころ、

「ハッピー・ハロウィン！」

「トリック・オア・トリート！」

きら星亭《ぼしてい》の入口《いりぐち》で、街《まち》の動物《どうぶつ》たちが声《こえ》を上《あ》げました。

「ようこそ、きら星亭《ぼしてい》のハロウィン・パーティーへ」

お店《みせ》の奥《おく》から出《で》てきて、みんなを出迎《でむか》えたのは——

「ひゃあ、なんだ？」

「かぼちゃのオバケだよ！」

だあれ？　ポンポンです。まあるいからだをつつむパンプキン色《いろ》のコスチュームには、ジャック・オ・ランタンの目鼻《めはな》、口《くち》が描《か》かれてあります。緑色《みどりいろ》のかぼちゃのヘタみたいな襟《えり》もついています。

「ポンポン！　似合《にあ》うよ、そのかっこう」

「きみにぴったりのコスチュームだね」

ころころと丸《まる》いからだつきのポンポンだからこそ、かぼちゃらし

くて、いい感《かん》じなのです。

「ほんと？　似合《にあ》う？」

ポンポンはちょっと照《て》れて笑《わら》うと、

「きみたちも、すっごくかっこいいよ」と言《い》いました。

と、そのとき、一歩前《いっぽまえ》に進《すす》み出《で》て、

「ね、ね、見《み》て！」


くるっと回《まわ》ってみせたのは、コアラのララコでした。ふんわりとしたピンクのコスチュームを着《き》ています。花《はな》かんむりをかぶって、背中《せなか》には羽《はね》をつけています。花《はな》の妖精《ようせい》なのでした。

「どろーん、どろどろー。オーバーケーだぞー。オバケだぞ！　どうだ、こわいか？　こわいだろう？」と低《ひく》い声《こえ》を出《だ》したのは、だあれ？　目《め》と鼻《はな》のところに穴《あな》が開《あ》いた、白《しろ》いシーツをかぶっています。

「こわくないよ。だって、ハナちゃんでしょ」

ララコがシーツの穴《あな》からのぞきこむと、ああ、やっぱり！

「なあんだ、わかっちゃった？」

カバのハナがひょいっと肩《かた》をすくめました。

「じゃあ、ぼくたちは、どう？」

「ハナはこわくなくても、ぼくたちはこわいだろ？」

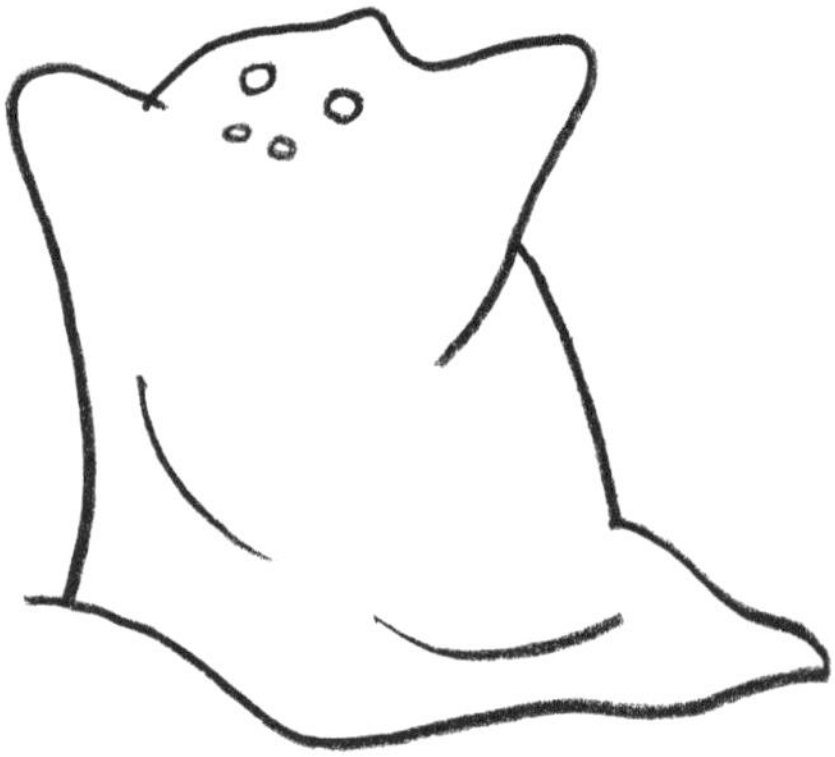

そう言《い》ったのは、カバの兄弟《きょうだい》、タローとジローです。

タローは黒《くろ》いアイパッチを当《あ》て、ドクロのついた帽子《ぼうし》をかぶり、長《なが》い上着《うわぎ》を身《み》につけています。海賊《かいぞく》のかっこうです。

一方《いっぽう》、ジローはからだ中《じゅう》に白《しろ》い布《ぬの》を巻《ま》きつけています。顔《かお》や頭《あたま》にまで！　なんだと思《おも》います？　ミイラなんですよ。

次《つぎ》に、どーん！　どどーん！　とタイコをたたいて、

「だれがこわいって、あたしがいちばんだろう？」と言《い》って、みんなをおどかそうとしたのは、カバのカヨおばさんでした。

ところが、げらげら笑《わら》いながら、

「まさか！　ちっともこわくないよ」とタロー。

「カッパのタイコなんて、へなちょこだ」とジロー。

カッパのタイコ？　ええ、カヨおばさんは、黄緑色《きみどりいろ》の衣装《いしょう》を着《き》て、背中《せなか》にはこうら、頭《あたま》にはお皿《さら》――カッパのコスチュームを身《み》につけているのです。

「カッパのかっこうをしていないときのほうが、よほどこわいよ」

「ほんと！　ふだんのおかあさんは、オニババって感《かん》じだもんな」

兄弟《きょうだい》は、そんなふうに言《い》って、また笑《わら》いました。

「なんだって。だれがオニババ？」

怒《おこ》ったカヨおばさんは、頭《あたま》の上《うえ》のお皿《さら》を落《お》っことしてしまいそうなほどはげしくタイコをたたいて、どどん！　どどどん！　どどーん、どん！

「でもさ、ハロウィンにカッパって変《へん》じゃない？　こわくて、かっこいいのは、ぼくだよね？」と言《い》いながら、みんなの前《まえ》に現《あらわ》れたのは、だれかと思《おも》えば、キツネのツネ吉《きち》でした。

いつもと、ちょっと顔《かお》つきがちがう？　ええ、口《くち》のはしっこから牙《きば》みたいな歯《は》がでているのです。黒《くろ》いマントで、すっぽりとからだをつつんでいましたが、ふいに両腕《りょううで》をぱっと大《おお》きく広《ひろ》げました。

わあ！　と動物《どうぶつ》たちが声《こえ》をあげました。

なぜって黒《くろ》いマントの内側《うちがわ》は、なんとも鮮《あざ》やかな赤《あか》だったのです。おまけに、華麗《かれい》な貴公子《きこうし》のコスチュームを身《み》につけています。

「吸血鬼《きゅうけつき》でしょ？　ドラキュラ！」とララコ。

「すてき！」とハナも手《て》をたたきました。

ほめられてすっかり気《き》をよくしたドラキュラが、
「よーし。首《くび》にかみついて、血《ち》を吸《す》うぞ。ぼくに血《ち》を吸《す》われると、吸血鬼《きゅうけつき》になっちゃうんだぞ」とマントをひるがえして駆《か》けだしたものだから、みんなもはしゃいだ声《こえ》をあげて逃《に》げだしました。

でも、逃《に》げるどころか、ツネ吉《きち》に近《ちか》づいてきたものがいました。ヤギのギイじいさんでした。東洋風《とうようふう》のローブのようなものを着《き》て、自分《じぶん》の背《せ》より高《たか》い木《き》の杖《つえ》をついています。

あれ？　あごひげもいつもより長《なが》いようです。

「わしは仙人《せんにん》なんじゃがね。わしの血《ち》では、どうじゃ？　吸血鬼《きゅうけつき》に血《ち》を吸《す》われると、永遠《えいえん》の命《いのち》が得《え》られるんじゃろう？」

ギイじいさんはぐいっと首《くび》を突《つ》きだしました。

「うへえ。あんまり気《き》が進《すす》まないね」とツネ吉《きち》は顔《かお》をしかめて、

「ギイじいさんの血《ち》は、しぶ柿《がき》みたいな味《あじ》がしそうだからなあ。それに仙人《せんにん》っていったら、不老不死《ふろうふし》……年《とし》を取《と》ることも、死《し》ぬこともないって聞《き》いてますけどね？」

「ほう、そうだったかな？　では、吸血鬼《きゅうけつき》の力《ちから》を借《か》りるまでもないか。ふむ、あんまり長《なが》いこと生《い》きてきたので、そのことをすっかり忘《わす》れておった」

そのやりとりに、動物《どうぶつ》たちはくすっと笑《わら》いましたが、

「ねえ、ドラキュラさん。じゃあ、ぼくは、どう？」

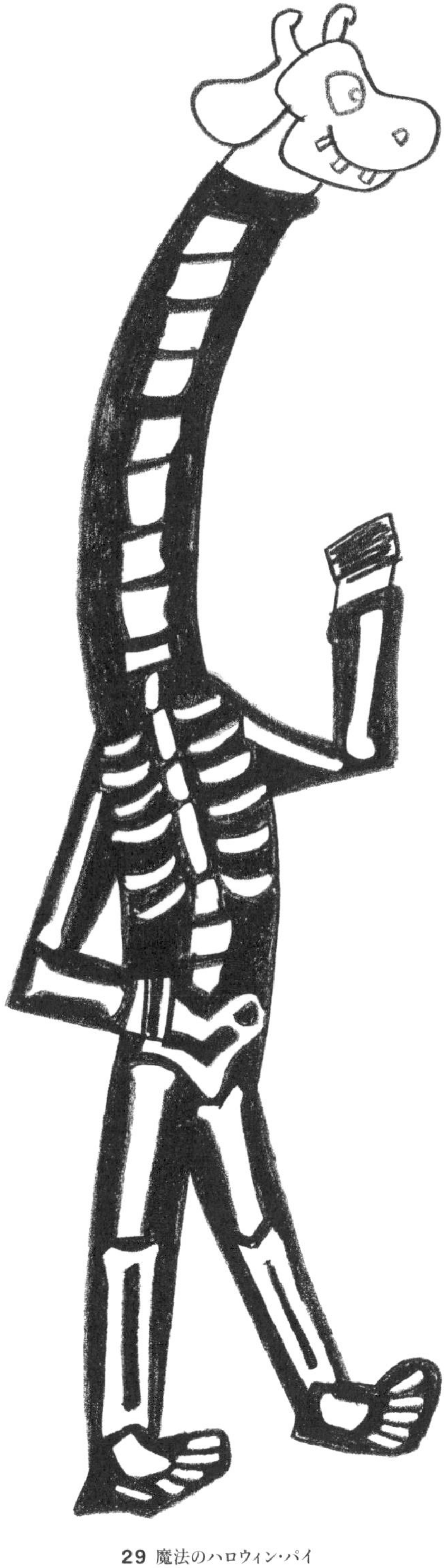

そう言《い》って、長《なが》い首《くび》を伸《の》ばしてきたのは、キリンのリンです。どんなコスチュームを着《き》ていると思《おも》います？

なんと、ガイコツ！　からだにぴったりはりつく黒《くろ》い衣装《いしょう》に、骨《ほね》がひとつひとつていねいに描《か》かれているのです。

リンが首《くび》を動《うご》かすと、骨《ほね》がばらばらにくずれてきそうな気《き》がして、なんだか、はらはらしてしまいます。

「たのむから、首《くび》をゆらすのは、やめてくれ！」とツネ吉《きち》がさけびました。

するとへビの三《さん》にんむすめがするするっと寄《よ》ってきて、

「ねえ、もしかしたら、へビって首《くび》がないのかしら。どうなの？がらがらがら」とガラガラへビのガーラ。

「首《くび》がないと、お腹《なか》を空《す》かせたドラキュラだって、かむことができないわよね？」とコブラのラブコ。

「となると、あたしたち、吸血鬼《きゅうけつき》になりたくても、なれないってことなの？」とニシキへビのニッキー。

このへビたちは、からだに絵《え》の具《ぐ》をぬっています。ガーラはかぼちゃ色《いろ》、ラブコは深緑《ふかみどり》、ニッキーは黒《くろ》――ハロウィンカラーという

わけですね。そして、先《さき》のとんがった魔《ま》女《じょ》の帽子《ぼうし》をかぶっています。

「そうだなあ、首《くび》がないと、吸血鬼《きゅうけつき》になるのは、むずかしいかもしれないね。でもさ、きみたち、その帽子《ぼうし》をかぶってるってことは、吸血鬼《きゅうけつき》より魔女《まじょ》のほうがいいって思《おも》ってるんじゃない？」

ツネ吉《きち》がたずねると、ヘビたちは、からだをくねくねさせて、

「吸血鬼《きゅうけつき》と魔女《まじょ》と、どっちがいいか？　がらがらがら」

「うーん、そりゃあ、魔女《まじょ》かな」

「だって、魔法《まほう》が使《つか》えたら、すてきでしょう？」

「ふんっ。なんだ、やっぱり、そうか」

ツネ吉《きち》はそうつぶやいて、なんだか、ちょっと悔《くや》しそうです。ええ、なんたって、このキツネは負《ま》けず嫌《ぎら》いですからね。

と、そこへ、

「遅《おそ》くなって、ごめんなさーい！」

ジャッキーが現《あらわ》れました。パーティーのしたくを終《お》えたあと、コスチュームに着替《きが》えるために、おうちへ帰《かえ》っていたのですが、今《いま》ようやく、もどってきたのです。

「ハッピー・ハロウィン！　みなさん、すてきな仮装《かそう》をしていること！　今夜《こんや》は、一緒《いっしょ》に楽《たの》しい時間《じかん》を過《す》ごしましょうね」

にっこり笑《わら》うと、勢《いきお》いよく羽《はね》を広《ひろ》げました。

おおおっ！　動物《どうぶつ》たちは目《め》をみはりました。ふだんは女王《じょおう》さまの扇《おうぎ》のような、はなやかないろどりの羽《はね》が、今夜《こんや》は黒《くろ》く染《そ》められ、赤《あか》や青《あお》、緑色《みどりいろ》のビーズが散《ち》りばめられてあるのです。

まるで、夜空《よぞら》に星々《ほしぼし》がまたたいているみたい。

おまけに、先《さき》っちょに青《あお》い星《ほし》がついたスティックを持《も》っていて、頭《あたま》の上《うえ》で円《えん》を描《か》いてみせました。すると、

ちっちゃな星《ほし》くずが振《ふ》りまかれたようでしたが、見《み》まちがいだったでしょうか。

「さすが、ジャッキーね」

「きらきらしてるなあ」

ララコとハナがまぶしそうにつぶやき、そのとなりで、ギイじいさんがあごひげをひねりつつ、

「とにかく、目立《めだ》たないことには気《き》がすまないんじゃ、このクジャクは。それにしても、なんのかっこうかね？」

「なんだと思《おも》う？　当《あ》ててみて」

ジャッキーは青《あお》い星《ほし》のスティックをもったいぶったようすで、また振《ふ》ってみせました。

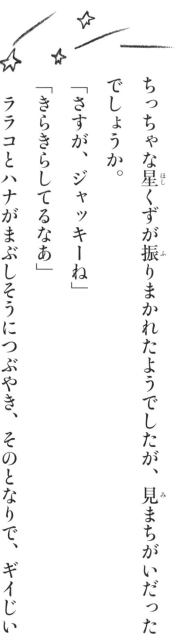

はてさて、なんでしょう？　シッポのある動物《どうぶつ》たちは、シッポをクエスチョンマークのかたちに曲《ま》げて考《かんが》えこんでいると、

「魔法使《まほうつか》いでしょ。手《て》に持《も》っているのは、魔法《まほう》の杖《つえ》だよね？」と、かわいらしい声《こえ》がしました。

「当《あ》たり！　そのとおりよ」

だれが当《あ》てたのでしょう。

みんなは声《こえ》がしたほうを見《み》やりました。

と、そこにいたのは――黒《くろ》ねこでした。目《め》はくるっと丸《まる》く、耳《みみ》はぴんととがっていて、シッポがすっと上《うえ》に向《む》かって伸《の》びています。
「あら、チビコちゃん。あなたも今《いま》、来《き》たと

ころ？」

「へえ！　からだに色《いろ》をつけたの？　いいね。ハロウィンといえば、黒《くろ》ねこだものね」とリンがほめました。

「いつもの黒白《くろしろ》モノトーンもモダンでいいけど、真《ま》っ黒《くろ》もシックですてきね！」ジャッキーも感心《かんしん》したらしく言《い》いました。

ところが、黒《くろ》い子《こ》ねこは、ぽかんとした顔《かお》をして、

「なんて？　だれのこと？」と首《くび》をかしげました。

これには、みんなも、きょとんとしてしまって、

「チビコちゃんじゃないの？」

「いや、チビコちゃんだろ？」

「でも、なんだか、ちがうみたい」

顔《かお》を見合《みあ》わせ、ひそひそとささやき交《か》わしていると、

「あたしはチビコちゃんじゃないよ」

黒《くろ》ねこがきっぱりと言《い》いました。

でも、ジャッキーは、うふっと笑《わら》って、

「あらまあ、今夜《こんや》は、チビコちゃん、黒《くろ》ねこになりきって過《す》ごそうってわけね？　たいしたものね。声《こえ》やしゃべり方《かた》まで変《か》えちゃって」

「はあ？　あたしはチビコちゃんじゃなくて……」

「うん、うん、わかった。わかっているわよ。ワタクシは魔法使《まほうつか》い、あなたは黒《くろ》ねこ。そういうことね？」

そうして、ふたりがならんでいるのを見《み》て、

「ね、じゃあ、魔法《まほう》でなにかやってみせてよ」とタロー。

「そうだよ。なにか、すごいことをやってくれよ」とジロー。

そりゃいいね！　みんなも、きょうみしんしんです。

でも、ジャッキーは、

「えっ」と、すっとんきょうな声《こえ》をあげ、それから、

「なにか、すごいこと？　ええと、魔法《まほう》で？」

ぶつぶつとつぶやきながら、広《ひろ》げていた羽《はね》をゆっくりと閉《と》じていきました。なんだか、急《きゅう》にしょんぼりとして見《み》えます。

「どうしたのさ。だって、魔法使《まほうつか》いなんだろ？」

ツネ吉《きち》がにやっとしてたずねると、

「ええ、そうよ」とジャッキーは答《こた》えましたが、とさかをふるわせ、肩《かた》をすぼめてもじもじするばかり。

と、そこで、黒《くろ》ねこが、

「ああ、もう。じれったいな！　それ、ちょっと貸《か》して」

ジャッキーの手《て》からスティックを取《と》って、

「みゃおう、おおう、おお、みゃ、みゃ、みゃ！」と唱《とな》えながら、先《さき》っちょの青《あお》い星《ほし》を頭《あたま》の上《うえ》で回《まわ》しました。

すると――まあ！　なんてこと！　天井《てんじょう》からつるされたモビールのオバケやコウモリがくるくる勢《いきお》いよく動《うご》きだし、やがて、糸《いと》からはなれ、勝手気《かってき》ままに飛《と》びはじめたのです。

動物《どうぶつ》たちがびっくりして見《み》あげていると、

「みゃおう、おおう、おお、みゃ、みゃ、みゃ！」

黒《くろ》ねこはまたそう唱《とな》えて、スティックを振《ふ》りました。

今度《こんど》は、どうなったと思《おも》います？　窓《まど》ガラスにはりつけてあった影絵《かげえ》みたいなコウモリやオバケ、クモたちも、まるで命《いのち》を得《え》たみたいに窓《まど》からはなれ、飛《と》んだり歩《ある》いたりするようになったのです。壁《かべ》に描《か》かれた絵《え》のガイコツやオオカミ男《おとこ》もぺろりとはがれて、平《ひら》べったいまま、床《ゆか》の上《うえ》に立《た》ち、ぺらぺらダンスをしています。

いいえ、それだけではありません。どこからか、ほうきが現《あらわ》れ、黒《くろ》ねことジャッキーをひょいっと乗《の》せて、ちっちゃな星《ほし》くずをまき散《ち》らしながら、レストランの中《なか》を飛《と》び回《まわ》ったのです。

「どうなっちゃってるの？　がらがらがらがら」とガーラ。

「これって、もしかして魔法《まほう》？」とラブコ。

「すてき！　魔女《まじょ》の子《こ》ねこちゃん」とニッキー。

ジャッキーもびっくりしたあとで、はしゃいで笑《わら》って、ほがらかに言《い》いました。

「知《し》らなかったわ。チビコちゃんったら、今夜《こんや》のパーティーを盛《も》り上《あ》げるために、こんな手品《てじな》のトリックをしかけておいたなんて」

さて、このとき、

「ちがうって！　どうしたら、わかってもらえるの？」

黒《くろ》ねこがうんざりしたように言《い》ったのと、

「なぜ、みんな、その黒《くろ》ねこさんのこと……むしゃむしゃ……チビコちゃんって呼《よ》んでいるの？　……もぐもぐ……ちがうと思《おも》うよ」

動物《どうぶつ》たちが集《あつ》めてきたトリック・オア・トリートのお菓子《かし》を食《た》べつつ、ポンポンがのんびりと言《い》ったのと、いったい、どちらが先《さき》だったでしょう。

そして――

「ごめんね。おそくなっちゃった！」

入口《いりぐち》のほうから聞《き》き覚《おぼ》えのある声《こえ》がしたのです。

黒白《くろしろ》のねこがいました。派手《はで》な色《いろ》ともようの、だぶっとした衣装《いしょう》、どたっとした大《おお》きなくつ、へんてこな帽子《ぼうし》を身《み》につけて。

おまけに、真《ま》っ赤《か》な丸《まる》い鼻《はな》！

「あっ。チビコちゃん、やっときた！　待《ま》ってたんだよ。かわいいね。ピエロのかっこうだね」とポンポン。

動物《どうぶつ》たちは目《め》をぱちくりさせて、

「えっ、チビコちゃん？」

「じゃあ、この黒《くろ》ねこは、だれ？」

「もしかしたら、ほんものの魔女《まじょ》！」

チビコちゃんは、レストランの中《なか》を好《す》き勝手《かって》に動《うご》き回《まわ》るコウモリやオバケ、ダンスをするガイコツやオオカミ男《おとこ》、

ほうきに乗《の》って飛《と》んでいる黒《くろ》ねことジャッキーに目《め》を丸《まる》くしつつ、

「ハロウィンのお客《きゃく》さま？」

だれにともなく、たずねました。

「どうやら、そうらしいわ」

とジャッキー。

「よかった。やっと、わかってもらえたみたいね」

黒《くろ》ねこはうなずいて、ほう

きを上手《じょうず》にあやつり、ジャッキーと一緒《いっしょ》に床《ゆか》に降《お》り立《た》ちました。

チビコちゃんとならぶと、やはり、ふたりはとても似《に》ています。

「わたしは、クロエ。トリック・オア・トリート！」

シッポをぴぴっとゆらして、黒《くろ》ねこがあいさつしました。

「ようこそ、いらっしゃい！　ハッピー・ハロウィン！」

ポンポンも、チビコちゃんも、動物《どうぶつ》たちも口々《くちぐち》に言《い》いました。

ジャッキーはくちばしをつんと上《うえ》に向《む》け、

「ほんものの魔女《まじょ》が来《き》てくれるなんて、きら星亭《ぼしてい》のハロウィン・パーティーって、たいしたものね。すごいわ」

それから、声《こえ》も高《たか》らかに言《い》いました。

「さあ、食《た》べましょう、楽《たの》しみましょう」

ひゃっほう！　動物《どうぶつ》たちも大《おお》よろこびです。

かぼちゃのごちそう、おいしそう！

「クロエ。あなたも、いっぱい食《た》べてね」とチビコちゃんが言《い》うと、
黒《くろ》ねこはうなずいて、自分《じぶん》のお皿《さら》に料理《りょうり》を山盛《やまも》りにしていきました。

よほどお腹《なか》が空《す》いていたんですね。

「どう、お料理《りょうり》の味《あじ》は？」

ジャッキーがたずねたら、

「どれもこれも、おいしい！」とクロエはうれしそう。

でも、やはり、いちばん気《き》に入《い》ったのは、パンプキンパイのようです。一切《ひとき》れ食《た》べて、もう一切《ひとき》れ。みんなとおしゃべりして、笑《わら》ってダンスをして、それから、またさらに一切《ひとき》れ。

パイ生地《きじ》にはバターがたっぷり、さくさくさくっ。ゆでたかぼちゃの裏《うら》ごしには、生《なま》クリームとシナモン、クローブなどのスパイスが入《はい》っていて、なめらかで香《かお》りもよく、ポンポンのパンプキンパイは、ほんとうに、すばらしいんですよ。

「もしかしたら、ポンポン、あなたも魔《ま》法《ほう》が使《つか》えるの？」とクロエがたずねました。

「えっ？　ぼくが？」

ポンポンがびっくりしていると、黒《くろ》ねこはにっこりして、

「だって、このパンプキンパイ、マジカルな味《あじ》がするよ」

「マジカル？」

「うん。魔《ま》法《ほう》っぽい」

そして、クロエはさらに一《ひと》口《くち》、二《ふた》口《くち》と味《あじ》わって、

「でも、きっと魔《ま》法《ほう》を使《つか》ったって、こんなにおいしいパンプキンパイは作《つく》れないよね。すごいなあ、ポンポンって」

それを聞《き》いて、動《どう》物《ぶつ》たちはまた大《おお》よろこび。その夜《よる》はおそくまで、食《た》べて歌《うた》ってダンスをして、にぎやかな時《とき》を過《す》ごしたのでした。

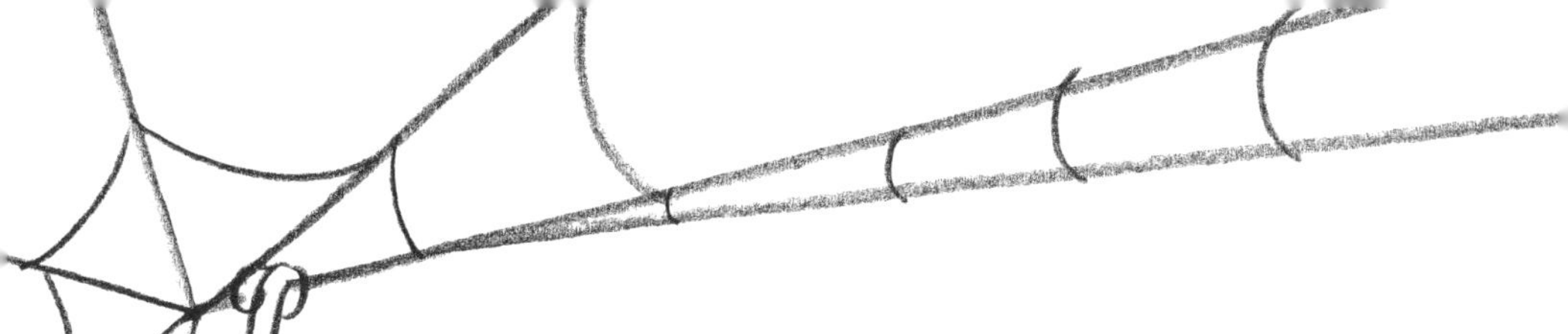

でもね、ここだけの話《はなし》——

このパーティーには、クロエのほかにも、ほんもののガイコツやオバケ、オオカミ男《おとこ》も、こっそり参加《さんか》していたんですって！

そのことを知《し》っていたのは、クスクスのクウだけ。

クウは、クモのかっこうをして、天井《てんじょう》から逆《さか》さにぶらさがって、クスクス、クスクス、クスクスクスクス……楽《たの》しそうなみんなのすがたをながめて、笑《わら》っていたんですよ。

第二話

お日《ひ》さまいっぱいランチタイム

もうすぐ、きら星亭《ぼしてい》のお昼《ひる》ごはんの時間《じかん》です。

「今日《きょう》のランチスペシャルは、なあに?」

ねこのチビコちゃんがたずねました。今日《きょう》のメニューを知《し》らせる黒板《こくばん》に書《か》こうと、手《て》にチョークを持《も》っています。

「スパゲティだよ!」

パンダのポンポンがはりきって答《こた》えました。

「今日《きょう》はね、ナポリタンにしようと思《おも》ってるんだ」

チビコちゃんはうなずいて、さらさらっと黒板《こくばん》に書《か》きこみました。

「それから、デザートは、カップケーキ」

「わあ。うれしいな」

カップケーキは、チビコちゃんの大好物《だいこうぶつ》なのです。だから、ほら、子《こ》ねこちゃんのシッポが元気《げんき》にゆれているでしょう？

厨房《ちゅうぼう》の調理台《ちょうりだい》の上《うえ》には、焼《や》きあがったばかりの、一口《ひとくち》サイズのカップケーキがずらりとならんでいて、いよいよ、ここからが楽《たの》しいところです。

「ポンポン、ケーキにバタークリームのせるでしょ。そのあとは？　くだものかな？　いちごとか、ブルーベリーとか」

「そりゃいいね」

ポンポンは、ちょうどバタークリームを作《つく》りはじめたところでした。ボウルに入《い》れたバターが泡立《あわだ》て器《き》で混《ま》ぜるうちに、だんだんと、

ふわっふわのクリームになっていきます。

「色《いろ》もつけようか。何色《なにいろ》がいい？」

「ピンク！　それから、ベビーブルー！」とチビコちゃんは答《こた》え、
もうひとつ色《いろ》があったら、もっと楽《たの》しいだろうと思《おも》って、

「レモンイエローも！」

「オッケー」

ポンポンはクリームを三《みっ》つのボウルに分《わ》けて、フルーツのシロップを使《つか》って、それぞれに色《いろ》をつけました。あわい、きれいな色《いろ》です。

ふんわりとしたクリームにぴったり。うっとりしてしまいます。

しぼり袋《ぶくろ》に入《い》れ、クリームをしぼりだしたら、たちまち、カップケーキがかわいらしいようすになりました。

「じゃあ、あたし、フルーツをのせていくね」

ピンクのクリームの上《うえ》にはいちご、ベビーブルーのクリームの上《うえ》には、ブルーベリーがよく合《あ》います。

「レモンイエローのクリームには、なにをのっけよう？」

チビコちゃんはすこし考《かんが》えて、

「そうだ、いいことがある！」

きんもくせいの花《はな》を砂糖《さとう》づけにしたものがあったことを思《おも》い出《だ》したのです。いいえ、それだけではなく、すみれやばらの花《はな》の砂糖《さとう》づけもあったのでした。

いつか、コアラのララコが手作《てづく》りのものをプレゼントしてくれたのです。ほら、ララコはお花屋《はなや》さんですからね。

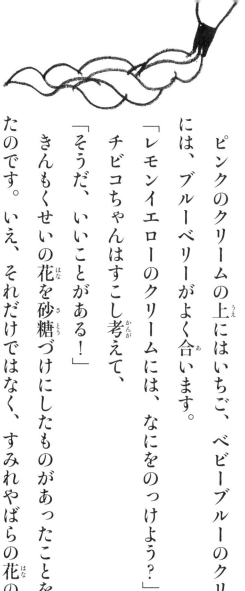

チビコちゃんはわくわくしながら、花《はな》びらがこわれてしまわないよう、そっとつまんで、ケーキの上《うえ》に飾《かざ》っていきました。

ピンクのクリームの上《うえ》には赤《あか》いばら、ベビーブルーのクリームの上《うえ》にはすみれ、レモンイエローのクリームの上《うえ》にはきんもくせいを。

すると、ああ！　ほんとうに、とてもきれいです。

「どうしよう、食《た》べるのがもったいないみたい」

チビコちゃんは、思《おも》わず、そうつぶやきました。それなのに、ポンポンはきんもくせいの花《はな》のカップケーキを手《て》に取《と》ると、

「どれどれ、味見《あじみ》してみよう」と言《い》うなり、大《おお》きく口《くち》を開《あ》けて、あっという間《ま》に食《た》べてしまいました。

「みゃっ」

「うん、おいしいよ。うまくできたなあ」

このパンダは、今度《こんど》は、すみれの花《はな》のカップケーキも、ほんの数《すう》秒《びょう》でたいらげてしまいました。

「みゃみゃっ」

「なに？　どうしたの？」

「ポンポンったら、もう！　食《た》べちゃうなんて」

「だって、食《た》べるために作《つく》ったんだろ？」

「もっとたいせつに、ゆっくり味《あじ》わったほうがいいと思《おも》わないの？」

ポンポンはぽかんとしてしまいました。チビコちゃんがすこしばかり怒《おこ》っているらしいのが、なぜなのか、さっぱりわからないのです。はやく食《た》べたって、ゆっくり食《た》べたって、おいしいものはおいしいと思《おも》っているからです。

しようがないなあ、とチビコちゃんはため息《いき》をついてから、

「ね、じゃあ、こうしようよ」

「なあに？　どうしようよ？」

「あのね、お花《はな》の砂《さ》糖《とう》づけをのせたカップケーキは、ララコちゃんにプレゼントするために取《と》っておくの。だから、ポンポンはお腹《なか》が空《す》いているなら、くだものをのせたカップケーキを食《た》べて」

ララコは、きっと、とてもよろこぶでしょう。

花《はな》がぱっと咲《さ》いたみたいな笑顔《えがお》になって！

そのことを思《おも》ったら、ポンポンもうれしくなりました。

「それ、いい考《かんが》えだね」

「そうでしょ？」チビコちゃんも、にっこりしました。

そして、レストランにお客《きゃく》さんを迎《むか》えるために、ふたりとも、てきぱきと働《はたら》きました。

が、しばらくしたら、

「みゃっ」

「なあに？　どうしたの」

「ポンポンったら、また！」

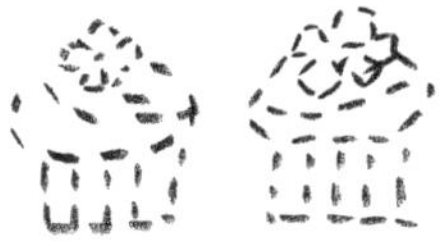

調理台《ちょうりだい》の上《うえ》を見《み》たら、おや？　ややや！　カップケーキが減《へ》っているではありませんか。それも、ララコのために取《と》っておくことにした花《はな》の砂糖《さとう》づけが飾《かざ》ってあったものがひとつ——いいえ、どうやら、ふたつ、なくなってしまったようなのです。

「まさか。ぼく、食《た》べてないよ……食《た》べてないと思《おも》うよ……食《た》べてないでしょ？　……だって、食《た》べたって気《き》がしないもの」

でも、ポンポンの声《こえ》は、だんだんと小《ちい》さくなっていきました。

もしかしたら？　もしかして？

食《た》べちゃったような気《き》もしてきたのでした。正直《しょうじき》なところ、食《た》べちゃいたいな、と思《おも》っていましたから。

チビコちゃんはがっかりした顔《かお》をして、

「ね、ポンポン、お花《はな》のカップケーキはもうふたつしか残《のこ》ってないよ。だから、ほんとに、このままにしておいてね」

「わかってるって！」

ところが——チビコちゃんがレストランのテーブルに白《しろ》いクロスをかけて厨房《ちゅうぼう》に戻《もど》ったら、花《はな》の砂糖《さとう》づけのカップケーキは、なんと、たったひとつだけになっていたのです。

「ポンポン！　ポッンポンッ！」

「はあに？　ろうしたろ？」

ポンポンは口《くち》をもごもごさせながら、たずねました。なあに？　どうしたの？　と言《い》ったつもりですが、食《た》べながらだったので、こんなしゃべり方《かた》になってしまったんですね。

今《いま》や、この子《こ》ねこちゃんはからだ中《じゅう》の毛《け》を逆立《さかだ》てて、ふーっ！
しゃーっ！　とうなっています。
ポンポンは急《いそ》いで口《くち》の中《なか》のものを飲《の》みこんで、
「今《いま》、ぼくが食《た》べていたのは、いちごのやつだよ」と言《い》いましたが、
チビコちゃんにはもう自分《じぶん》のうなり声《ごえ》しか聞《き》こえません。
と、そこへ、クジャクのジャッキーがやってきました。
「ワタクシのかわいいコックさん、おりこうな
子《こ》ねこちゃん！　ごきげんよう、今日《きょう》もすてき
な一日《いちにち》になりそうね」
そして、調理台《ちょうりだい》の上《うえ》に目《め》をやると、
「あらっ。かわいらしいこと！」

花《はな》のカップケーキの最後《さいご》のひとつを手《て》に取《と》って、ぱくっ！

そのすばやかったことといったら――ポンポンもチビコちゃんも声《こえ》を出《だ》すひまもありませんでした。

「なるほど。かわいいだけじゃなくて、おいしいのね」

ジャッキーは満足《まんぞく》そうにつぶやいてから、

「ところで、どうしたの、子《こ》ねこちゃん？　あなた、いつもの三倍《さんばい》くらいの大《おお》きさになっちゃってるわよ。それ、寝《ね》ぐせなの？　毛《け》がつんつんに立《た》っているようだけど」

「寝《ね》ぐせじゃないよ。チビコちゃん、怒《おこ》っているんだよ。お花《はな》のカップケーキを食《た》べちゃったからさ」

「えっ」とジャッキーは目《め》をぱちくりさせ、

「食《た》べちゃいけなかったの？」

「そうみたいだね」とポンポン。

「なぜなの？　食《た》べるために作《つく》ったんでしょう？」

「ぼくもそう言《い》ったんだけどね」

チビコちゃんは、ぷんぷんして、目《め》をきゅっと細《ほそ》くしています。

ジャッキーはうんざりしたようすで、

「ああ、ああ、女《おんな》の子《こ》の気持《きも》ちって、めんどうね」と何度《なんど》もくりかえし首《くび》を横《よこ》に振《ふ》りました。そのせいで、とさかがぐしゃぐしゃになってしまったほどです。

「子《こ》ねこちゃん、どうしたら、ご機嫌《きげん》が直《なお》るのかしら」

と、そのとき——三《さん》にんの目《め》の前《まえ》で、ひゅうっ！　かすかな風《かぜ》とともに、カップケーキがひとつ飛《と》んでいきました。

「あらっ」

「ええっ」

「みゃっ」

いったい、どういうこと？

「見《み》た？　それとも見《み》まちがい？」

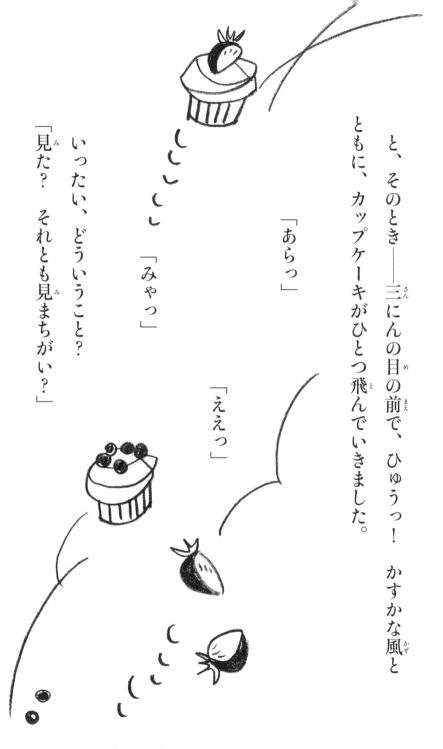

「ぼくも見《み》たよ。どこへ行《い》ったの？」

「窓《まど》だよ、窓《まど》の外《そと》へ飛《と》んでいっちゃった」

びっくりしている三《さん》にんの前《まえ》で、またしても、ひゅうっ！　もうひとつカップケーキが飛《と》んでいってしまいました。

「なんてこと！　カップケーキが空《そら》を飛《と》ぶなんて、そんな話《はなし》、聞《き》いたことがないわよ。羽《はね》もないくせに」

飛《と》べない鳥《とり》のジャッキーは、ちょっと悔《くや》しそうに言《い》いながら、大《おお》急《いそ》ぎで窓《まど》辺《べ》へ向《む》かいました。

「ほんとに空《そら》を飛《と》んでるの？」とポンポン。

「食《た》べられるのがいやで、逃《に》げだしたのかな？」とチビコちゃん。

ふたりもジャッキーのあとにつづきました。

そして、窓《まど》の外《そと》を見《み》ると、あれっ？　そこには思《おも》いがけず知《し》らないだれかさんがいました。この街《まち》では見《み》かけない動物《どうぶつ》です。

ぎょろっとした大《おお》きな目《め》をきょろきょろ動《うご》かしながら、

「やあやあ、こんにちは」

「あなた、だあれ」

ジャッキーが声《こえ》をかけると、

「おいら？　おいらはカメレオンのレオだよ」

どこから来《き》たの？　なにをしているの？　たずねたいことはたくさんあります――でも、今《いま》はそれより、

「ね、カップケーキを見《み》なかった？」

「見《み》たよ」

やっぱり！

「どっちの方向《ほうこう》へ飛《と》んでいったかしら。ブルーベリーといちご、なかよく一緒《いっしょ》に行《い》っちゃったの？」

すると、レオは、お腹《なか》のあたりを指《ゆび》さしました。

「なかよく一緒《いっしょ》に、ここへ、ね」

そう言《い》うと、口《くち》を開《あ》け、しゅるるるるるっ！　長《なが》い棒《ぼう》のようなものを突《つ》きだしました。ぐんぐん、どこまでも伸《の》びていきます。そし

て、調理台《ちょうりだい》の上《うえ》のブルーベリーのカップケーキをとらえると、たちまち短《みじか》くなって、しゅるりっ！　口《くち》の中《なか》へ消《き》えました。

ほんの一瞬《いっしゅん》のことでした。なにもかもが、おそろしいほどのスピードだったのです。だから、さっきは、カップケーキが飛《と》んでいるように見《み》えたのですね。

「あなた、それ、なんなの？」とジャッキー。

「これ？　これは、おいらの舌《した》だよ」

「舌《した》？　そんなに長《なが》いの？」とチビコちゃん。

「そうさ。まったく便利《べんり》なもんさ」

「へええ。かっこいいなあ、ぼくもそんな舌《した》があったらなあ」

ポンポンがのんびりと、実《じつ》にうらやましそうに言《い》うと、レオはにやっとして、また、しゅるるるるっ！　舌《した》を突《つ》きだし、ものすごい早技《はやわざ》で、今度《こんど》は、いちごのカップケーキを口《くち》の中《なか》に入《い》れました。

「もしかしたら、お花《はな》のカップケーキを食《た》べちゃったのも、あなたなの？」とチビコちゃんがたずねると、

「ああ、そうだよ。おいらだよ」

「ねえ、ワタクシの目《め》がおかしいのかしら。あなた、からだの色《いろ》が変《か》わったんじゃない？」

「おっ！　気《き》がついてくれたんだね」

レオはうれしそうに、にやーっとしました。

そうです、このカメレオンは、ついさっきまで青《あお》っぽかったのに、今《いま》では赤《あか》っぽくなっているのでした。

「おいら、さっき、ブルーベリーを食《た》べただろ？　だから、青《あお》かったの。そのあと、いちごを食《た》べただろ？　それで、赤《あか》くなったんだ」

「じゃあ、食《た》べたもので、からだの色《いろ》が変《か》わるの？　それがカメレオンってものなの？」

「さあねえ？　食《た》べたものでからだの色《いろ》が変《か》わるカメレオンなんて、おいらが知《し》っているかぎりでは、おいらだけだよねえ」

レオはそう言《い》ってから、大《おお》きな目《め》をきょろっとさせました。

「ところで、あんたがパンダのポンポンで、ここが評判《ひょうばん》のきら星亭《ぼしてい》

かい？　旅《たび》のとちゅうで、うわさに聞《き》いてきたんだけどね」

「うわさ？　どんなうわさ？」

「世界《せかい》でいちばん料理《りょうり》が上手《じょうず》なパンダがいる、すばらしいレストランだって。ぜったい、行《い》ってみたほうがいいって」

すると、ジャッキーが誇《ほこ》らしげにくちばしを上《うえ》につんと向《む》けて、

「ええ、ここがきら星亭《ぼしてい》よ。そして、ワタクシがクジャクのジャッキーよ。ものすごく頭《あたま》がよくて美《うつく》しくて親切《しんせつ》だって、うわさの」と言《い》いながら、ばさばさっと大《おお》きな音《おと》を立《た》てて、きらびやかな羽《はね》を広《ひろ》げてみせましたが、

「ジャッキー？」レオはきょとんとしています。

どうやら、そのうわさは聞《き》いていなかったようです。

「えーと、でもさ、とにかく、きら星亭《ぼしてい》に来《こ》られて、ほんとうにうれしいよ。カップケーキも、すっごくおいしかった」

「そうだ、そういえば、お花《はな》のカップケーキ、あなたが食《た》べちゃったんだよね？」

チビコちゃんはふと思《おも》い出《だ》して、またすこし毛《け》が逆立《さかだ》ちました。

「ごめんよ。いい匂《にお》いがするから、ちょいと窓《まど》からのぞいてみたら、気《き》がついたときにはもう、舌《した》が伸《の》びていたんだよ」

子《こ》ねこちゃんがにらみつけると、

「ゆるしておくれよ。おわびに歌《うた》をうたうからさ」

「レオさん、うたえるの？　ぼく、歌《うた》って大好《だいす》き！」とポンポン。

「ああ。こう見《み》えてもミュージシャンなんだ。あちこち旅《たび》をして、おいらの音楽《おんがく》を聞《き》いてもらっているってわけさ」
レオは荷物《にもつ》の中《なか》からギターを取《と》りだして、ぽろろーん！　つま弾《び》きながら、うたいはじめました。

オー・ソレ・ミオ。ぽろろん。
おお、それ、見《み》よ。ぽろろん。
それ？　それは、きみの面影《おもかげ》。
愛《いと》しいきみよ、今《いま》どこにいるの？
ぼくの心《こころ》は、きみのすがたを探《さが》して、
遠《とお》く宇宙《うちゅう》の果《は》てを夢見《ゆめみ》るよ。ぽろろん。

このカメレオンの歌声《うたごえ》は、明《あか》るく力強《ちからづよ》く、ギターの音色《ねいろ》は優《やさ》しく素朴《そぼく》で、胸《むね》にしみいるようです。

「あら。カンツォーネ風《ふう》ね。つまり、イタリアの歌《うた》ってことだけど。オー・ソレ・ミオっていったら、ナポリ語《ご》で、私《わたし》の太陽《たいよう》という意味《いみ》だったはずよ」とジャッキーが心地《ここち》よさそうに、とさかをゆらしながら言《い》いました。

「へえ、イタリアの歌《うた》？　ナポリ語《ご》？　今日《きょう》のランチスペシャルは、ナポリタンだよ」とポンポンがつぶやき、

「レオさん、すてきな声《こえ》」

チビコちゃんの逆立《さかだ》っていた毛《け》が、もとにもどっていきました。

同《おな》じ歌《うた》をくりかえし、レオはうたいました。

なんだか、不思議《ふしぎ》！　何度《なんど》聞《き》いても、あきるということがありません。すこしずつ、うたい方《かた》やギターの弾《ひ》き方《かた》を変《か》えているせい？　いつまでもずっと、この歌声《うたごえ》に耳《みみ》をかたむけていたい、という気持《きも》ちになるのです。

そして、オー・ソレ・ミオ――私《わたし》の太陽《たいよう》、とうたったからなのでしょうか、曇《くも》っていた空《そら》がだんだんと晴《は》れわたって、陽《ひ》の光《ひかり》がまぶしいほどになってきました。

「まあ！　どういうこと？　レオさんの歌《うた》の力《ちから》？」

「あれっ、ほんとだ。ぽかぽかしてきたよ」

「レオさんが、お日《ひ》さまを呼《よ》んだってこと？」

でも、三《さん》にんがおどろかされたのは、それだけではありませんでした。通《とお》りの向《む》こうから、レオがうたっているのと同《おな》じメロディが聞《き》こえてきたのです。

「ラララ、ラララララ、ラララララ……」

コアラのララコでした。きら星亭《ぼしてい》の庭《にわ》に入《はい》ってきて、いつしか、レオの歌声《うたごえ》とハーモニーになっていました。

「この歌《うた》、知《し》っているの?」とチビコちゃんがたずねると、コアラの女《おんな》の子《こ》は首《くび》をかしげました。

「お店《みせ》にいたら、このメロディがどこからか聞《き》こえてきて、だから、あたしもうたってみたの」

でも、ララコのお花屋《はなや》さんは、ここから、はなれているんですよ。

レオの歌声《うたごえ》が届《とど》いたなんてことがあるでしょうか。

「ねえ、チビコちゃん。これ、また作《つく》ってみたから、あげる」

花《はな》の砂糖《さとう》づけでした。色《いろ》とりどりの。

「わあ！　ララコちゃん。ありがとう」

チビコちゃんがちらっと見《み》やると、レオはいたずらっぽく笑《わら》って、あの大《おお》きな目《め》でウインクしました。

「じゃあ、ぼく、もっとカップケーキを作《つく》ろうか。ララコちゃんのために、そのお花《はな》を飾《かざ》って」とポンポン。

「ええ、それがいいわ！」とジャッキー。

「カップケーキ？」とララコがにっこりしたので、チビコちゃんもヒゲをふるっとふるわせて、うれしそう。

さあ、みんなは厨房《ちゅうぼう》へ行《い》きました。

ぽんぽんっ。ポンポンはステップを踏《ふ》みながら、ボウルにバターを入《い》れて、砂糖《さとう》や卵《たまご》、小麦粉《こむぎこ》、ふくらし粉《こ》を加《くわ》えていきます。

「たくさん作《つく》るよ。みんなが、いっぱい食《た》べられるように」

「よーし、ポンポン。じゃあ、うたって応援《おうえん》するよ」

レオがギターをつま弾《び》き、かき鳴《な》らします。ラララ、ラララララ！

ララコも一緒《いっしょ》になって口《くち》ずさんでいるそばで、オー・ソレ・ミャーオ！　とチビコちゃんも元気《げんき》にうたっています。

おや？　ジャッキーは、どこから持《も》ってきたのでしょうね、ぽろろん！　ろろろろん！　マンドリンを弾《ひ》いていますよ。

厨房《ちゅうぼう》はオーブンの熱《ねつ》と、音楽《おんがく》への情熱《じょうねつ》で、すくなくとも二度《にど》か三《さん》

度《ど》は温度《おんど》が上《あ》がったように感《かん》じられます。

そして――やはり、遠《とお》くにいても歌声《うたごえ》が聞《き》こえたのでしょうか。オー・ソーレー・ミーオー！　と朗々《ろうろう》とうたいながら、きら星亭《ぼしてい》にやってきたものがいました。キリンのリンでした。

「ぼくのスーパーマーケットに、南《みなみ》の産地《さんち》からとってもフレッシュなものが入《はい》ったんでね、届《とど》けにきたよ」

腕《うで》にさげた大《おお》きなバスケットには、みずみずしいオレンジとレモン、そして、トマトがどっさり。歌《うた》の中《なか》の太陽《たいよう》が日向《ひなた》の匂《にお》いのする輝《かがや》かしいものを、きら星亭《ぼしてい》に引《ひ》き寄《よ》せたのかしら。

「ありがとう！」ポンポンは大《おお》よろこびです。

「ちょうどよかった。オレンジとレモンはカップケーキに、トマトはナポリタンに使《つか》わせてもらうよ」

せっかく、たくさんのトマトが手《て》に入《はい》ったのだから、玉《たま》ねぎやにんにくとともに、タイム、ナツメグ、セージ、コショウなどのハーブやスパイスをくわえて煮《に》て、ケチャップを作《つく》りました。

さて、そろそろ、きら星亭《ぼしてい》を開《ひら》く時間《じかん》です。お腹《なか》を空《す》かせた動物《どうぶつ》たちが次《つぎ》から次《つぎ》へと集《あつ》まってきました。

「今日《きょう》のランチスペシャルは、スパゲティ？」

「そうみたい。ナポリタンだって」

「へえ。デザートは、カップーキ？　いいね」

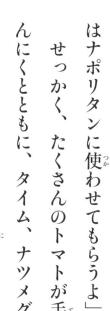

チビコちゃんがあっちのテーブルでオーダーを聞《き》き、こっちのテーブルへ水《みず》を運《はこ》び、シッポをぴんと立《た》てて大《おお》いそがしです。

ポンポンはソーセージやピーマン、玉《たま》ねぎ、マッシュルームをいため、ウスターソースやはちみつ、ケチャップで味《あじ》つけをして、ゆでたてのスパゲティにからめていきました。

ああ。なんともいえない、いい匂《にお》いがしますよ。

「おいしそう！　がらがらがら」とガラガラへビのガーラ。

「わあ。こくのあるケチャップね」とコブラのラブコ。

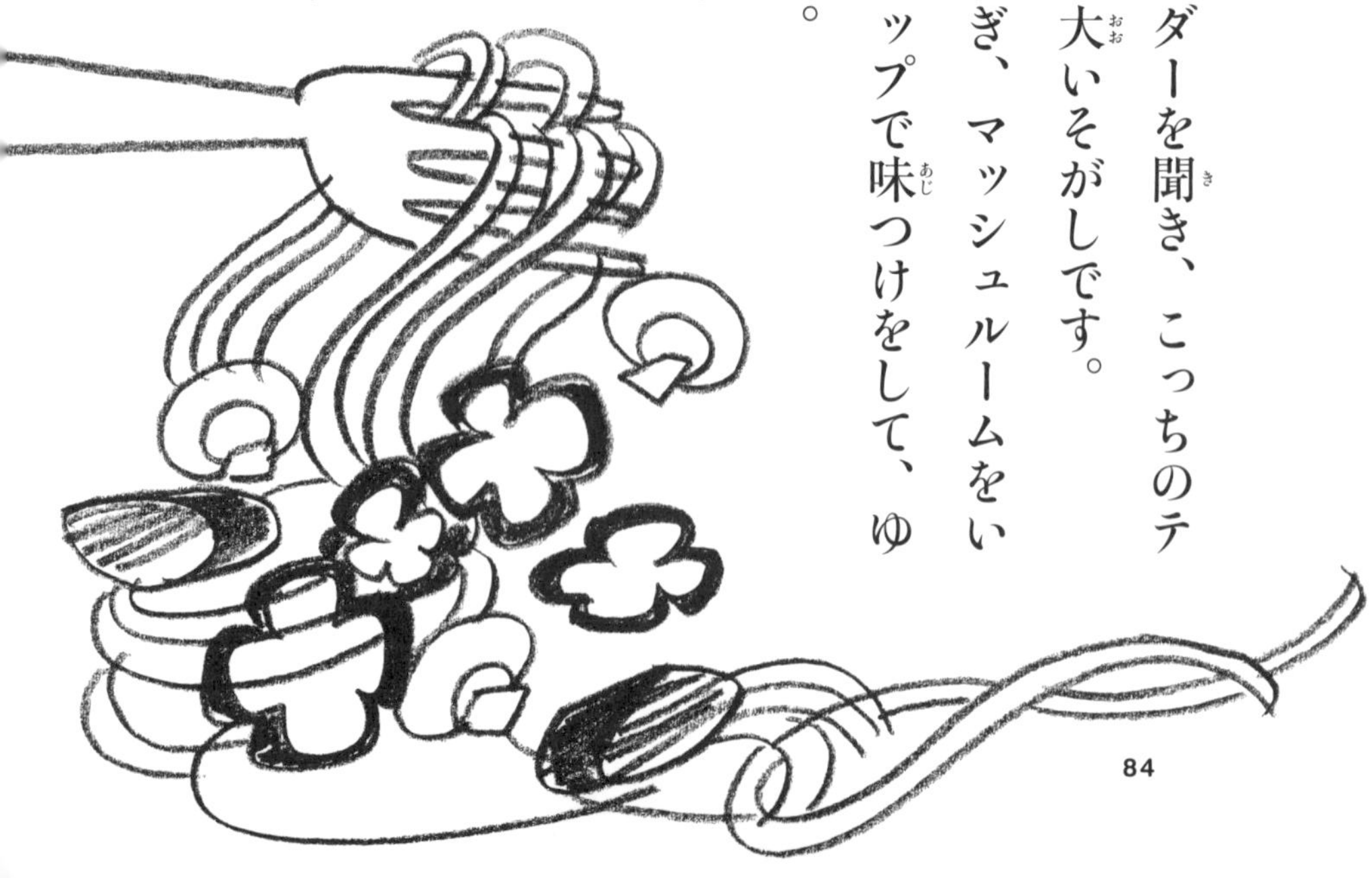

「スパゲティのゆで具合《ぐあい》もいい感《かん》じ」とニシキヘビのニッキー。あちこちのテーブルで、うれしそうな声《こえ》があがっています。みんな、ナポリタンが好《す》きで好《す》きでたまらないんですね。

動物《どうぶつ》たちが口元《くちもと》をケチャップ入《い》りのソースで赤《あか》くして、スパゲティを食《た》べているあいだに、レオは、ぽろろん！　ギターをつま弾《び》いて、あらためて、あいさつしました。

「こんにちは。ミュージシャンのレオです。みなさんに会《あ》うために、この街《まち》へ旅《たび》してきました。おいらの歌《うた》、聞《き》いてください」

みんなは拍手《はくしゅ》しましたが、さて、うたいだそうとしたときに、

「おーい、あんた、だれだよ」

「レオだって？　知《し》らないよ」

カバの兄弟《きょうだい》、タローとジローが大声《おおごえ》でからかいました。
そして、このやんちゃ坊主《ぼうず》たちのことですから、それだけで終《お》わるはずもありません。ポケットからパチンコを取《と》りだして、ペーパーナプキンをちぎって丸《まる》めたものを飛《と》ばしはじめたのです。
「えいっ、どうだ？」
「ぱんっ！　ぱぱんっ！」

ところが、レオをねらっているつもりでも、いっこうに当《あ》たらず、だれかの頭《あたま》をかすめたり、料理《りょうり》の中《なか》に落《お》ちたりするので、動物《どうぶつ》たちはたまったものではありません。

ひゃあ！　きゃあ！　あちこちで悲鳴《ひめい》があがりました。

どーん！　どどん！　どどどん！

カバのカヨおばさんがはげ

しくタイコをたたきました。

「こら――――っ。やめなさい！」

でも、怒《おこ》られたからといって、おとなしくするような兄弟《きょうだい》でもありませんね。さらに調子《ちょうし》に乗《の》って、ぱん！　ぱん！　パチンコを使《つか》っていたら、しゅるるるっ！　レオが舌《した》を突《つ》きだして、飛《と》んできた玉《たま》をとらえました。あっちもこっちも、決《けっ》して逃《のが》しません。

「あれっ」

「どういうこと？」

はじめはなにが起《お》こっているのか、わからなかったタローとジローでしたが、レオがにやっと笑《わら》って、ふたりのお皿《さら》の上《うえ》のナポリタンを、しゅるっ、しゅるるっ、舌《した》の先《さき》に巻《ま》きつけて食《た》べてしまうと、

「ええっ。舌《した》なの？　すごいな」

「からだの色《いろ》も変《か》わったよ。赤《あか》くなった」

びっくりして、パチンコを床《ゆか》に落《お》としました。

今度《こんど》こそ、レオは気持《きも》ちよくうたいだしました。

オ——・ソーレー・ミ——オ——！

そして、動物《どうぶつ》たちがナポリタンを食《た》べ終《お》えると、ジャッキーが、カップケーキをずらりとならべたワゴンを押《お》してきました。

「デザートよ。みなさん、好《す》きなものを好《す》きなだけ、どうぞ」

なんとまあ、はなやかなのでしょう！　レオはみんなのためにうたいながらも、ときどき、しゅるっと舌《した》を突《つ》きだして、カップケーキを食《た》べています。そして、クリームやフルーツ、花《はな》のいろどりに合《あ》わせ、からだの色《いろ》を変化《へんか》させるのです。

赤《あか》から黄色《きいろ》へ、緑《みどり》へ、青《あお》へ、紫《むらさき》へ、また赤《あか》へ。

「レオさん、色《いろ》のセンスがすごいね。ぼくも見習《みなら》わなくちゃ」

ツネ吉《きち》が感心《かんしん》して言《い》いました。このキツネはピンクのブレザーを着《き》ていますが、レオのそばにいると、地味《じみ》にみえてしまいます。

「うおお、レオさん、かっこいいなあ」

「ぼくもカメレオンになりたい」

カバの兄弟《きょうだい》もはしゃいだ声《こえ》をあげ、そのわきでカヨおばさんがレオのギターに調子《ちょうし》を合《あ》わせて、トントン、トトン、トントトン！　陽気《ようき》なタイコの音《おと》をひびかせています。

ララコも一緒《いっしょ》にうたいつつ、

「カップケーキ、あんまりきれいだから、食《た》べるのがもったいないな」とつぶやいたので、チビコちゃんが言《い》いました。

「その気持《きも》ち、よくわかるよ。ララコちゃんが作《つく》ったお花《はな》の砂糖《さとう》づ

け、かわいくて、ほんとうに、すてきだもの」

大好《だいす》きな花《はな》が枯《か》れてしまうのがさびしいから、砂糖《さとう》づけにして、きれいなまま残《のこ》しておこうとしているのかな？　そんなふうに、この子《こ》ねこちゃんは思《おも》うのです。

「でも、食《た》べようよ、ね？」

花《はな》の生命《いのち》を――そして、お菓子《かし》を作《つく》ったひとの気持《きも》ちをたいせつにしようと思《おも》ったら、食《た》べてしまうほかないのですから。

「レオさんは、すばらしいミュージシャンだね。この歌《うた》を聞《き》いていると、気持《きも》ちがのびのびして、生《い》きていることがうれしくてたまらなくなるよ」

長《なが》い首《くび》をさらにぐーんと伸《の》ばして、リンが言《い》いました。

ヤギのギイじいさんもうなずきながら、
「うたって食《た》べて、またうたって。まったくもって、いい時間《じかん》じゃ」
もちろん、ポンポンも厨房《ちゅうぼう》から出《で》てきて、みんなと一緒《いっしょ》にランチを味《あじ》わいました。
「オー・ソレ・ミオ！　どれどれ、おいしい？」

「オー・ソレ・ミオ！　ポンポン、どれもこれもおいしいわ。あなたはワタクシの太陽《たいよう》、きら星《ぼし》亭《てい》の太陽《たいよう》よ」とジャッキーも上機嫌《じょうきげん》です。

　その午後《ごご》、動物《どうぶつ》たちは、すっかり日向《ひなた》の気分《きぶん》！　光《ひかり》の中《なか》、思《おも》いきり、すこやかに楽《たの》しく時《とき》を過《す》ごしたんですって。

第三話 雪《ゆき》の日《ひ》のたいやき

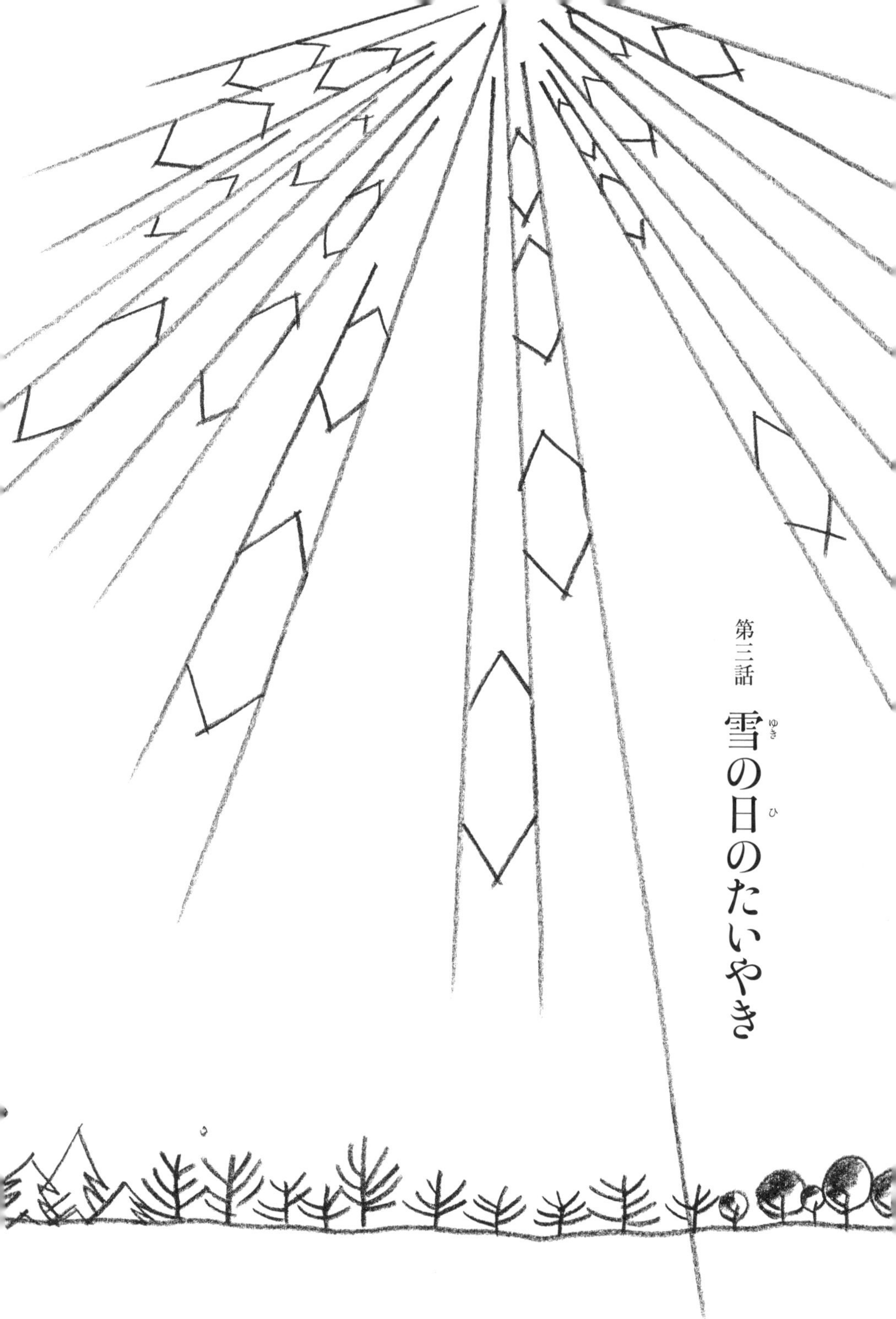

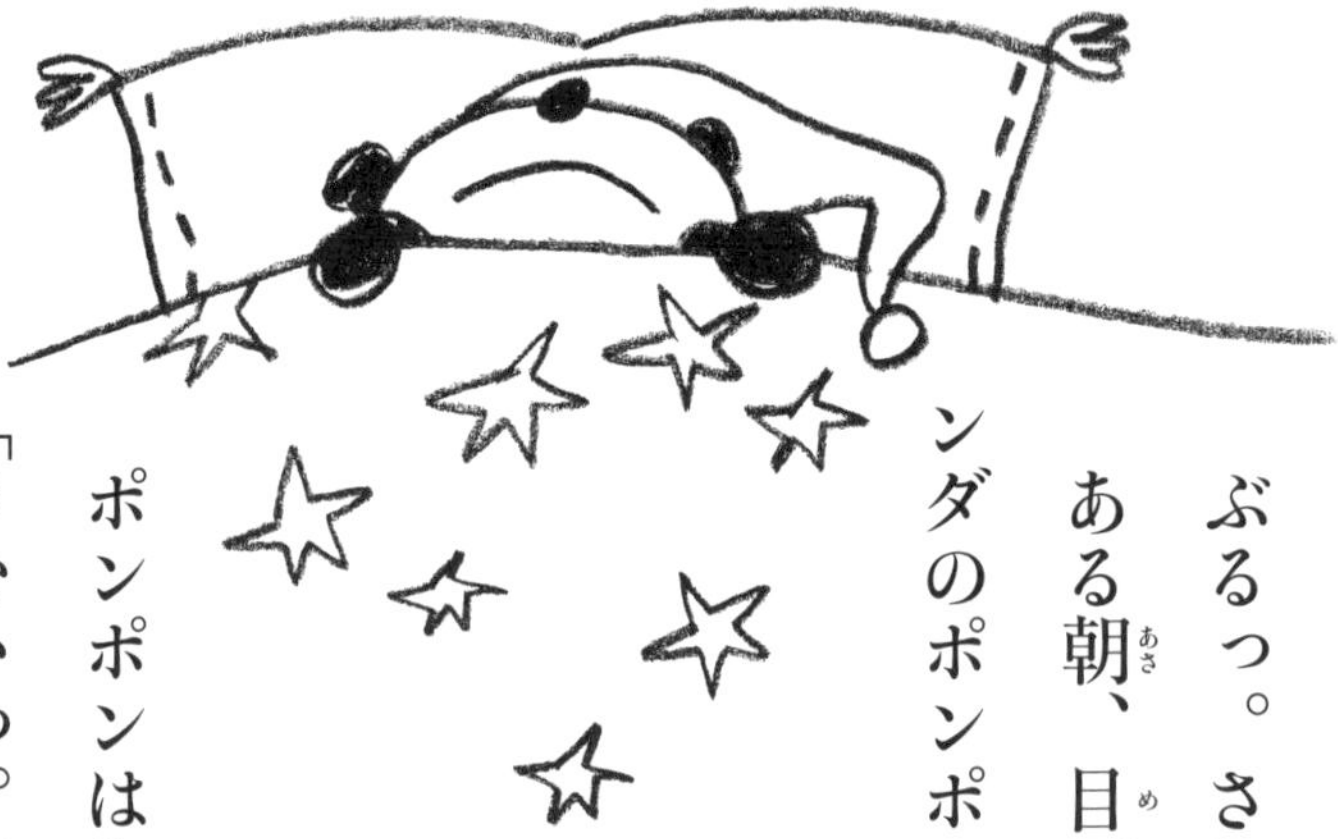

ぶるっ。さむっ。

ある朝《あさ》、目《め》が覚《さ》めたら、部屋《へや》の空気《くうき》があんまりつめたいので、パンダのポンポンはびっくりしてしまいました。

まるで、冷蔵庫《れいぞうこ》の中《なか》にいるみたいなのです。

ベッドの中《なか》はあったかいけれど、おふとんの外《そと》に出《で》ている耳《みみ》や頭《あたま》、顔《かお》はひんやり、ひやひや冷《ひ》えています。

「冷蔵庫《れいぞうこ》くん」

ポンポンはキッチンのほうへ声《こえ》をかけました。

「さむいっ。ぼく、ベッドから出《で》たくないよ。どうしよう？」

すると、いつもはだんまりの冷蔵庫《れいぞうこ》が、

「気持《きも》ちはわかるけど、ポンポン、起《お》きなくちゃ。だって、朝《あさ》ごはんの時間《じかん》だよ」と答《こた》えてくれたような気《き》がしました。
と、そのとたんに、お腹《なか》がぐぐう！
「そうだ。食《た》べよう！」
ポンポンはベッドを飛《と》びだして、キッチンへ行《い》きました。

シュビシュバ、シュビシュビシュビシュバ。
きみはひんやりクールだけど、
ハートはあったか。いいやつなのさ。
シュビシュバ、シュビシュビシュビシュバ。

と、冷蔵庫《れいぞうこ》の歌《うた》をうたいながら、ね。

そして、

「おはよう！」

白《しろ》いとびらを開《あ》けると、オレンジ色《いろ》の明《あ》かりに照《て》らしだされたミルクや卵《たまご》、肉《にく》、魚《さかな》、くだもの、野菜《やさい》、ケチャップやマヨネーズが、

「おはよう、ポンポン」

「よく眠《ねむ》れた？　いい朝《あさ》だね」

「今日《きょう》も、楽《たの》しい一日《いちにち》にしよう」

そんなふうに、口々《くちぐち》に言《い》っているようでした。

ポンポンはうなずいて、さあ、なにを食《た》べよう？

ちょっと考《かんが》えて、あれをひとつ、これもひとつ、そうだ、これも

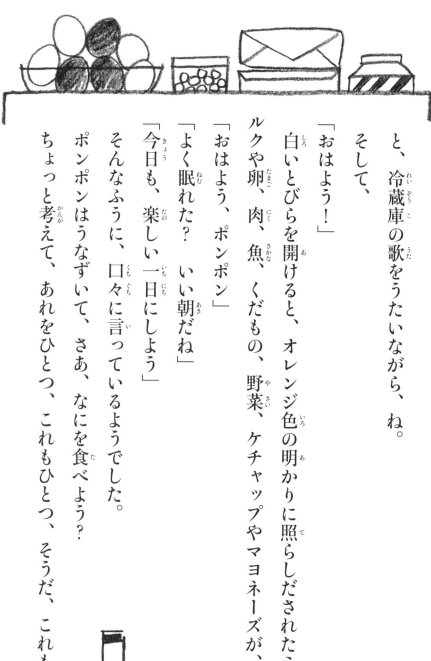

いいね、と食《た》べたいものに手《て》を伸《の》ばしました。

そして、ちいさなおなべにミルクを入《い》れて火《ひ》にかけ、チョコレートを溶《と》かして、ホットチョコレートを作《つく》りました。それから、ハムエッグを焼《や》きながら、ぶあつく切《き》った食《しょく》パンをトーストして、バターをたっぷり、いちごジャムものせました。

「いただきまーす！」

かりっ、さくっとしたトーストをかじりつつ、熱々《あつあつ》のハムエッグを食《た》べ、ホットチョコレートにはマシュマロをうかべて、ふうふう息《いき》を吹《ふ》きかけて飲《の》んでいたら、ほら！　からだもあたたまりました。

口《くち》のまわりについたジャムをぺろっとなめ、

「あーあ、朝《あさ》ごはんが終《お》わっちゃったなあ」

空《から》っぽになったお皿《さら》とカップを見《み》て、ポンポンはちょっとさびしいような気《き》持《も》ちになりましたが、もうしばらくすれば、お昼《ひる》ごはんの時《じ》間《かん》がくるのです。そう思《おも》ったら、うれしくなりました。

それまでのあいだ、なにをしよう？

今日《きょう》は、きら星《ぼし》亭《てい》がお休《やす》みの日《ひ》です。

チビコちゃんのところへ遊《あそ》びにいこうかな？

ふと窓《まど》辺《べ》へ行《い》って、

「あっ！」とポンポンは声《こえ》をあげました。

なぜって、外《そと》が真《ま》っ白《しろ》だったのです。

雪《ゆき》です、雪《ゆき》が降《ふ》っているのです。

どうして、今《いま》まで気《き》づかなかったのでしょう——ええ、そうでしたね、朝《あさ》ごはんのことで頭《あたま》がいっぱいでしたから。

ポンポンは大急《おおいそ》ぎでオーバーを着《き》て、毛糸《けいと》の帽子《ぼうし》やマフラー、ミトンを身《み》につけて、玄関《げんかん》のとびらを開《あ》けました。

もちろん、あったかいブーツもはきましたよ。

ずぼっ、ずぼっ、両足《りょうあし》が雪《ゆき》の中《なか》にうずまりました。ずいぶんとつもっているのです。いったい、いつのまに？

ポンポンが眠《ねむ》ってから降《ふ》りはじめて、夜《よる》のあいだ、ずっと降《ふ》りつづけていたのでしょうか。

おうちの庭《にわ》は真《ま》っ白《しろ》で、泡立《あわだ》てた生《なま》クリームをていねいに、きれいにぬった上等《じょうとう》なケーキのようではありませんか。
ポンポンは片足《かたあし》をあげて、
「どうしようかな？」とつぶやきました。
だれよりも先《さき》に、足《あし》あとをつけたいような。
いいえ、このままにしておきたいような。
でも、ずっと、このままってわけにもいきませんね。
「ええいっ！」
思《おも》いきって、ポンポンは雪《ゆき》の上《うえ》に足《あし》をおろしました。
そして、さらに一歩《いっぽ》。また一歩《いっぽ》。
ぽんっ！　と飛《と》んで、もう一歩《いっぽ》。
さらさらとした、やわらかな雪《ゆき》です。踏《ふ》みしめると、ふわっとし

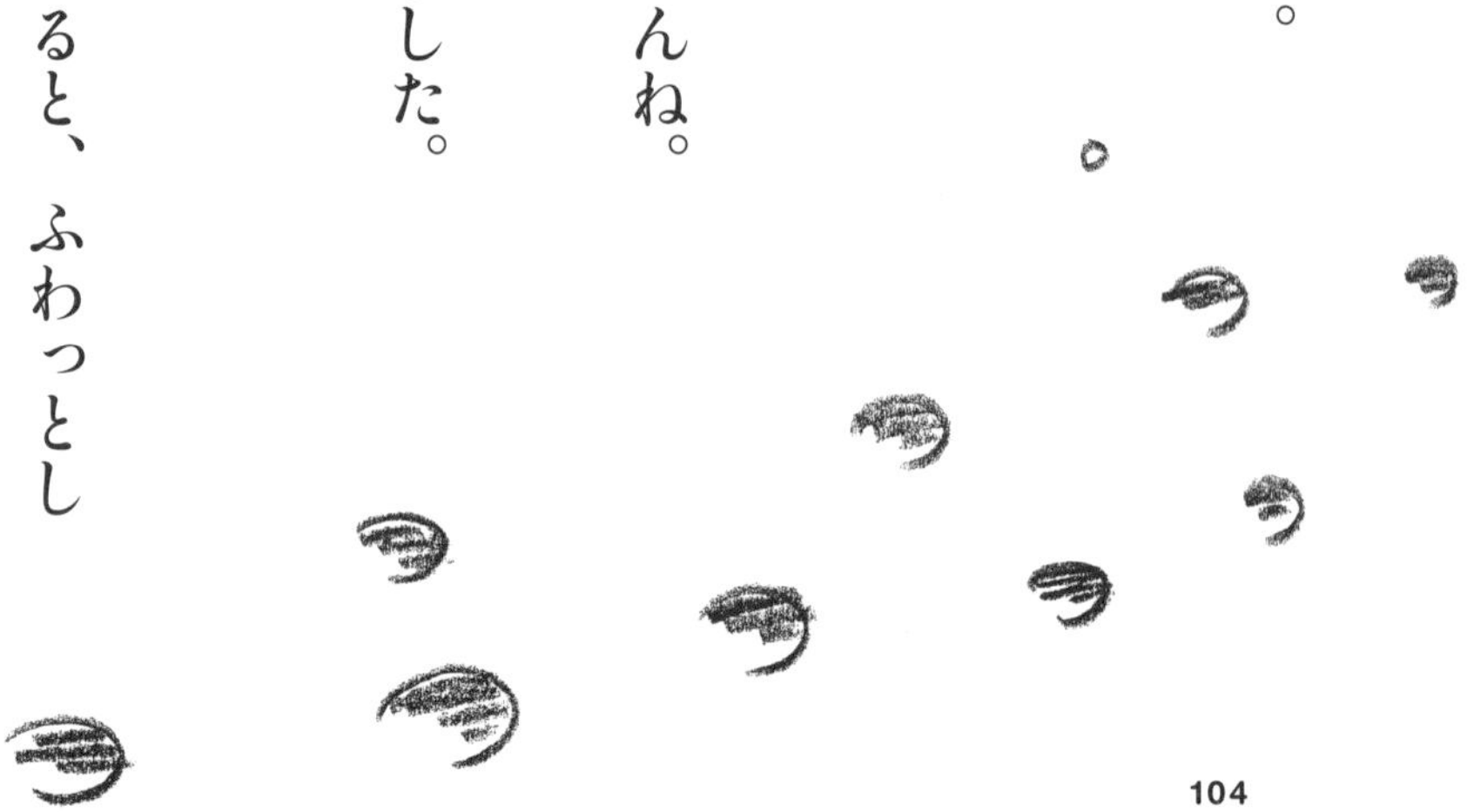

てきゅっと微《かず》かな音《おと》がして、気《き》持《も》ちいい！

振《ふ》り向《む》いたら、足《あし》あとの上《うえ》に、また雪《ゆき》が降《ふ》りつもっていきます。

「どんどん降《ふ》ってくるなあ」

ポンポンは空《そら》を見《み》上《あ》げました。

「わあ。空《そら》も白《しろ》いんだなあ」

風《かぜ》に吹《ふ》かれて空《そら》がはがれ、ふんわりとしたかけらになって、次《つぎ》から次《つぎ》へと舞《ま》い落《お》ちてくるようにも見《み》えます。

空《そら》って、どんな味《あじ》なのかな？　ポンポンは舌《した》を出《だ》して、雪《ゆき》を受《う》けとめました。ひやっとつめたくて、かすかに甘《あま》い！

ええ、たしかに、甘《あま》いような気《き》がしました。

だって、雪《ゆき》ってかき氷《ごおり》やシャーベットみたいでしょう？

ポンポンは目《め》を閉《と》じて、雪《ゆき》を味《あじ》わいました。

「レモンのシャーベットだ。甘《あま》ずっぱいぞ」

それから、また、

「お次《つぎ》は、洋《よう》なしのシャーベットかな？　それとも、りんご？　パイナップル？　いちごシロップのかき氷《ごおり》でもいいなあ」

そうやって遊《あそ》んでいたら――

「ポーンポン！　ポンポン！」

通《とお》りのほうから元気《げんき》な声《こえ》がしました。

真《ま》っ白《しろ》な雪《ゆき》の中《なか》、とがった黒《くろ》い耳《みみ》、ひゅうっと伸《の》びた黒《くろ》いシッポ、くりくりっとした大《おお》きな目《め》が見《み》えました。

ねこのチビコちゃんでした。

ポンポンはすっかりうれしくなって、

「チビコちゃん、チビコちゃん！」

二度《にど》呼《よ》びかけて、なんだか、まだ足《た》りなくて、

「チビコちゃん！」

もう一度《いちど》、呼《よ》びかけたら、そのあいだに、すすいっと子《こ》ねこちゃんがすばやく近《ちか》づいてきて、あれっ？　もうとなりにいました。

どうして、こんなにはやく動《うご》けるの？
雪《ゆき》の中《なか》を歩《ある》いていたのでは——いいえ、もし走《はし》ったり、スキップしたのだとしても——もっと時間《じかん》がかかりそうなものです。

子《こ》ねこちゃんの足《あし》もとを見《み》たら、

「そっか。チビコちゃんったら」

赤《あか》いぴかぴかのスキーで、さっそうとすべってきたのでした。

「いいでしょ？　こないだ、買《か》ったの。でも、ぜんぜん雪《ゆき》が降《ふ》らないから、つまんないなあって思《おも》っていたんだけど、眠《ねむ》る前《まえ》にいつも、雪《ゆき》よ、降《ふ》れ、降《ふ》れって歌《うた》をうたっていたら、ついに！」

「じゃあ、この雪《ゆき》は、チビコちゃんが降《ふ》らせたんだね？」

ポンポンはひどく感心《かんしん》してしまいました。

「すごいね、ありがとう。ぼくも雪《ゆき》って大好《だいす》きだよ」

「どういたしまして」

チビコちゃんは、にっこりしました。


さて、これから、どうしましょう？

「ね、ポンポン、街《まち》の広場《ひろば》へ行《い》こうよ」

「広場《ひろば》へ？　いいよ。みんな、集《あつ》まっているかな？」

「うん。だから、あたし、ポンポンのことを迎《むか》えにきたの。あのね、とっても楽《たの》しいことがはじまるみたいだよ」

「楽《たの》しいこと？　それって、つまり、おいしいこと？」

「どうかな？　もしかしたら、ね！」

ぽんっ、ぽぽんっ。ポンポンが元気《げんき》よく歩《ある》いていくとなりで、チビコちゃんが、すいっ、すすいっ。スキーで進《すす》んでいきます。

ときどき、つるり！

ポンポンはうっかり、すべって、しりもちをついて、

「わあ、つるっつるだよ」

「あぶないね。気《き》をつけて」

ふたりは顔《かお》を見合《みあ》わせて、笑《わら》いました。

あっちにも、こっちにも、たくさんの足《あし》あとがあります。大《おお》きな

足《あし》あと、小《ちい》さな足《あし》あと。それから、しりもちのあとも、ね。

「見《み》て！　これ、ちっちゃい。ネズミの足《あし》あとかな？」

「こっちは、おっきなおしりのあとだなあ。だれだろう？」

ポンポンが首《くび》をかしげた、と、そのとき——

どしんっ！　どどんっ！

重々《おもおも》しい音《おと》がして、足《あし》もとがゆれました。

おまけに、街路樹《がいろじゅ》の枝《えだ》につもっていた雪《ゆき》がばさばさっとポンポンとチビコちゃんの頭《あたま》の上《うえ》に落《お》ちてきました。

「ひゃあっ、つめたい」

「なんなの、なにごと？」

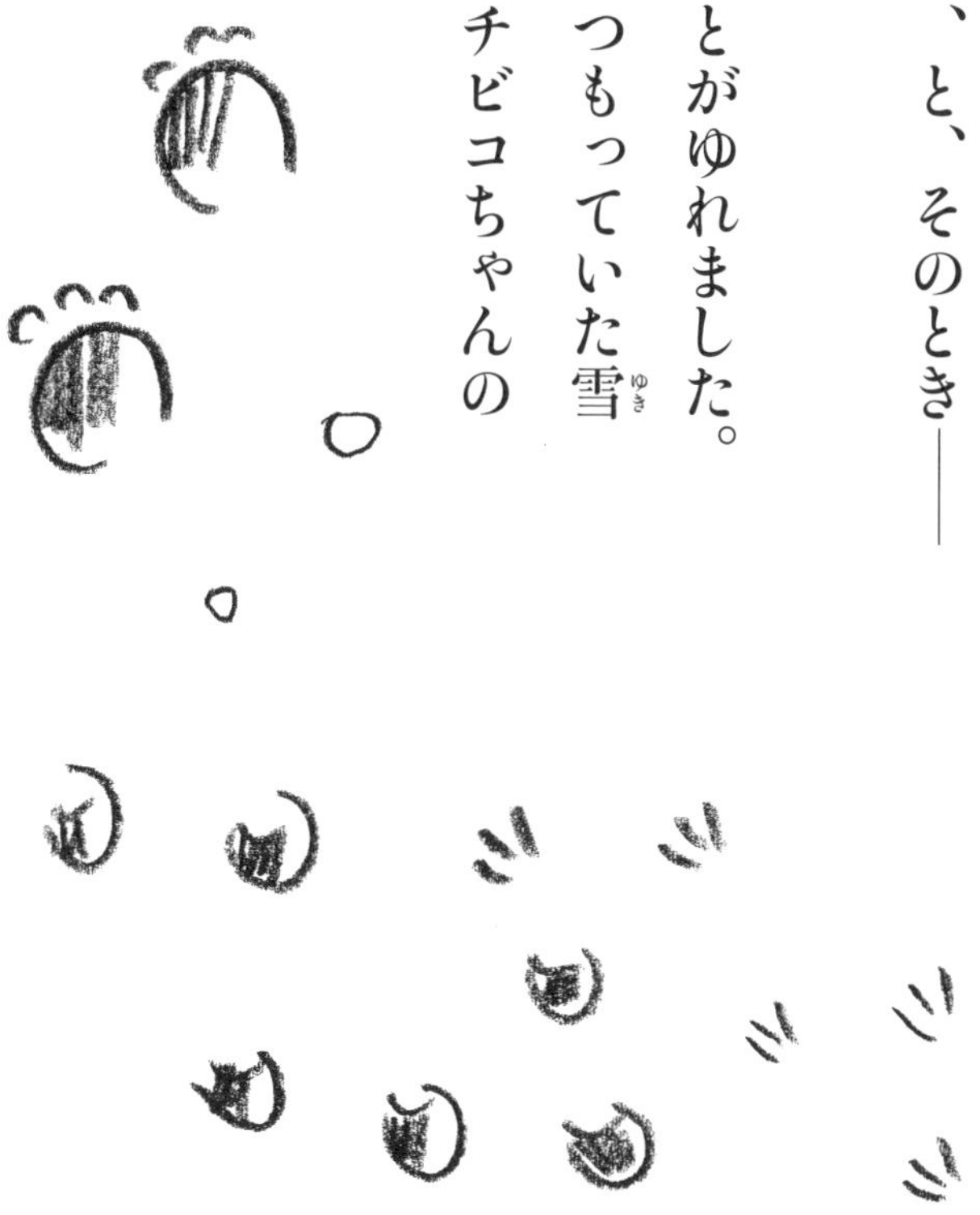

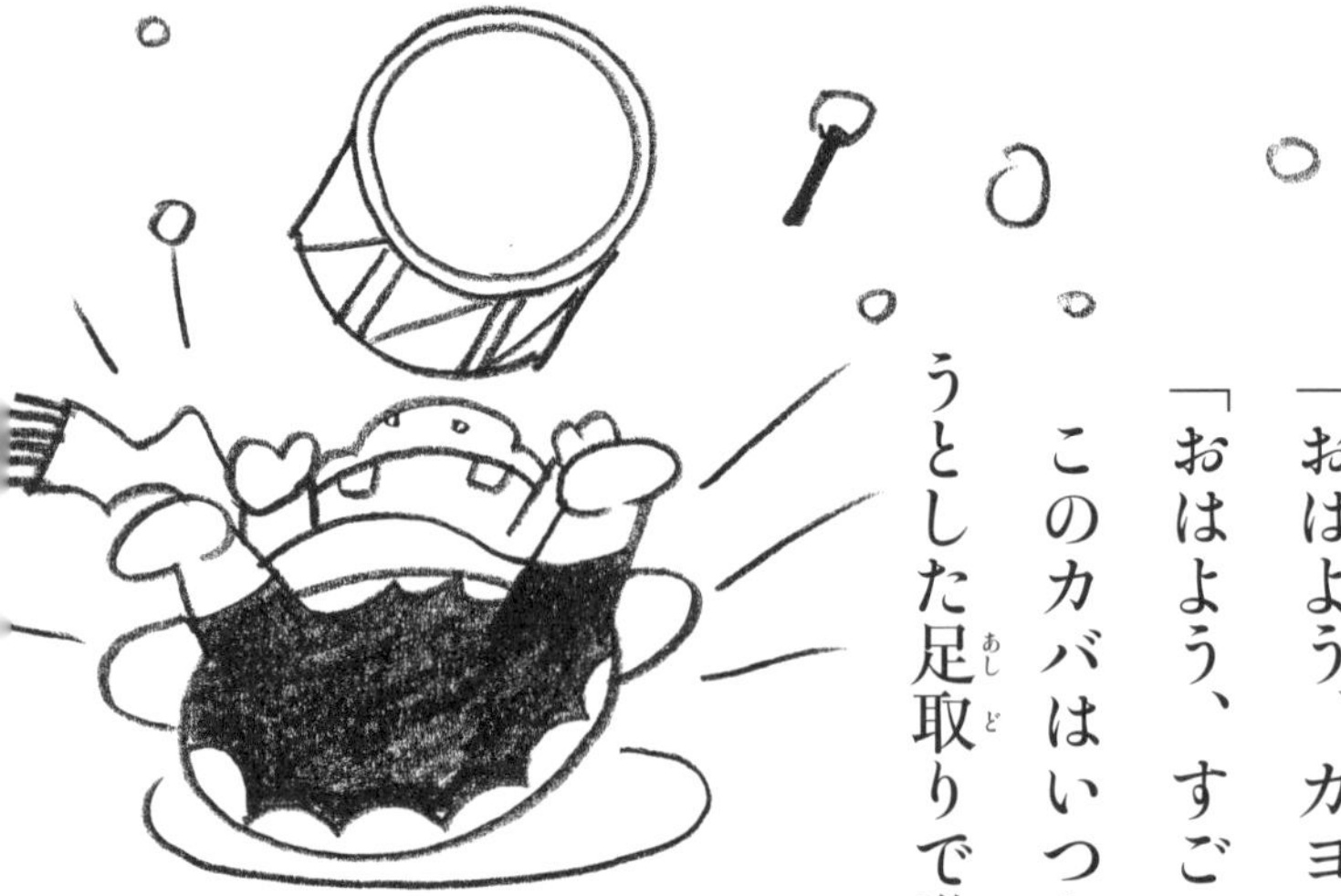

角《かど》を曲《ま》がると、おや？　カバのカヨおばさんが子《こ》どもたちを連《つ》れてやってきたところでした。

「おはよう、カヨおばさん」

「おはよう、すごい雪《ゆき》だね」

このカバはいつもなら大《おお》いばりで、どしどし、のしのし、ゆうゆうとした足取《あしど》りで進《すす》んでいくのに、今日《きょう》は、おそるおそる、ゆっくりと歩《ある》いています。それでいて――

あっ、すべった、つるり！

カヨおばさんが転《ころ》ぶと、その大《おお》きなおしりが、どしんっ！

ついでにタイコも、どどんっ！

タロー、ジロー、ハナがびっくりして飛《と》びあがって、それから、
すべって転《ころ》んでしまいます。

「ひい。いたたた、まったくもう」

「またか！　転《ころ》ばないでくれよ」

「何度《なんど》めなの、おかあさん？」

子《こ》どもたちがぶつぶつ言《い》うと、

「ああ、ああ、ごめんよ」とカヨおばさん。

「転《ころ》ばないようにと思《おも》うと、なぜか、つるっとしちゃうんだよねえ。

そっと、そうっと歩《ある》いているっていうのにさ」

と、言《い》ったとたんに、さっそく、つるり！

また子《こ》どもたちもつられて、つるり！

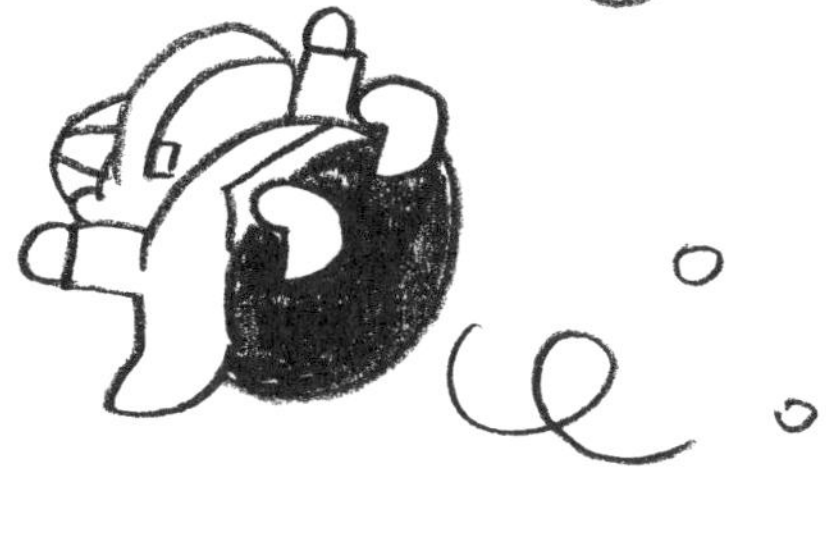

おやまあ、ポンポンまで、つるり！

でも、今度《こんど》は、その場《ば》でしりもちをついただけではありませんでした。ちょうど坂道《さかみち》にさしかかったところだったのです。

カヨおばさんも、みんなも、つる――っ！

おしりで坂《さか》をすべり落《お》ちていきました。

「ひゃ――っ！」

「たいへん、ポンポン！」

チビコちゃんがスキーで、すすいっ、と追《お》いかけていきました。

街《まち》の広場《ひろば》へとつづく、ゆるやかな長《なが》い坂《さか》です。

「わわ、止《と》まらないよ」

「どいて、どいて」

「ああ、よけられない」

「ごめんよーっ」

ポンポンたちは、歩《ある》いていた動物《どうぶつ》たちに次《つぎ》から次《つぎ》へとぶつかって転《ころ》ばせ、おしくらまんじゅうでもしているみたい。

ぎゅうぎゅう！

みんな一緒《いっしょ》になってすべり落《お》ちていきます。

タローとジローはもう

悲鳴《ひめい》ではなく、笑《わら》い声《ごえ》をあげています。

「ひゃっほう、気持《きも》ちがいいや」

「びゅんびゅん、もっと行《い》こう」

そして、坂《さか》の下《した》まで来《き》たところで――

どんっ！　どどんっ！

どどどんっ！　どーんっ！

みんなはカヨおばさんのタイコにぶつかって、雷《かみなり》が立《た》てつづけに落《お》ちたような音《おと》をさせて、ようやく止《と》まることができたのでした。

「みゃみゃ、だいじょうぶ？」とチビコ

ちゃん。

「あらまあ、ポンポン！」

クジャクのジャッキーも駆《か》け寄《よ》ってきました。

「いったい、なにごとなの？　みんな元気《げんき》がいいわねえ。スキーもそりも使《つか》わずに、おしりですべってきたというわけなの？」

「だって、ぼくたち、スキーもそりも持《も》ってないから」とタロー。

「今日《きょう》はもう何度《なんど》すべって転《ころ》んだか、わかんないよ」とジロー。

「何度《なんど》かって？　ああ、それなら、家《いえ》からここまで五十五回《ごじゅうごかい》だよ。あたしの数《かぞ》えまちがいじゃなければね」

カヨおばさんが、うんざりしたようすで言《い》いました。

ジャッキーはくくっと笑《わら》って、

「ねえ。でも、せっかくの雪《ゆき》ですもの、すべって転《ころ》ぶばかりじゃなくて、思《おも》いきり楽《たの》しいことをしましょうよ」

「楽《たの》しいこと？　どんなこと？」

ポンポンがたずねると、

「雪《ゆき》だるまコンテストなんだって」

キツネのツネ吉《きち》がやってきて言《い》いました。まさしく、この日《ひ》、このコンテストのためにあつらえたような、雪《ゆき》だるまの絵《え》がついたキルティングのあたたかそうなブレザーを着《き》ています。

「ええ。でも、雪《ゆき》だるまじゃなくてもいいのよ。なんでも好《す》きなものを作《つく》って。ワタクシの心《こころ》をびりっとしびれさせてほしいの」

「雪《ゆき》ですごいものを作《つく》ったら、ジャッキーからごほうびがもらえるらしいよ。きみも参加《さんか》するだろう?」

「ごほうび?」

ポンポンは黒《くろ》い鼻《はな》をぴくぴくっとさせました。なにか、おいしいものかな?　と思《おも》ったのです。

そばで話《はなし》を聞《き》いていた動物《どうぶつ》たちもみんな、

「ごほうびだって」

「なんだろう?」

「なんだっていいさ」

「いいものなのさ」

うれしそうに言《い》い合《あ》って、ジャッキーからスコップやシャベルを

借《か》りて、広場《ひろば》のあちこちへ駆《か》けていきました。

もちろん、ポンポンとチビコちゃんも、ね！

まずはシャベルを使《つか》って雪《ゆき》を集《あつ》めながら、

「ね、チビコちゃん、なにを作《つく》るか、決《き》めた？」

「今《いま》考《かんが》えてるところ。ポンポンは？」

「ぼくもだよ。どうしようかな？」

ポンポンは目《め》をくるくるっと回《まわ》しました。それが、このパンダがものを考《かんが》えるときのくせなのです。

でも、頭《あたま》に浮《う》かんでくるのは——サン

ドイッチ、オムライス、ショートケーキ、カレーライス、マカロニサラダ、魚《さかな》のスープ……

ああ、もう!

食《た》べもののことばかり!

「ね、ね、ポンポン、もしかしたら、おいしいもののことしか考《かんが》えられないんじゃない?」

「うん、そうみたい」

「じゃあ、こうしない?」

「なあに。どうしない?」

「あのね、雪《ゆき》でごちそうを作《つく》るの。ポンポンが食《た》べたいもの、なんでもいいんだよ」

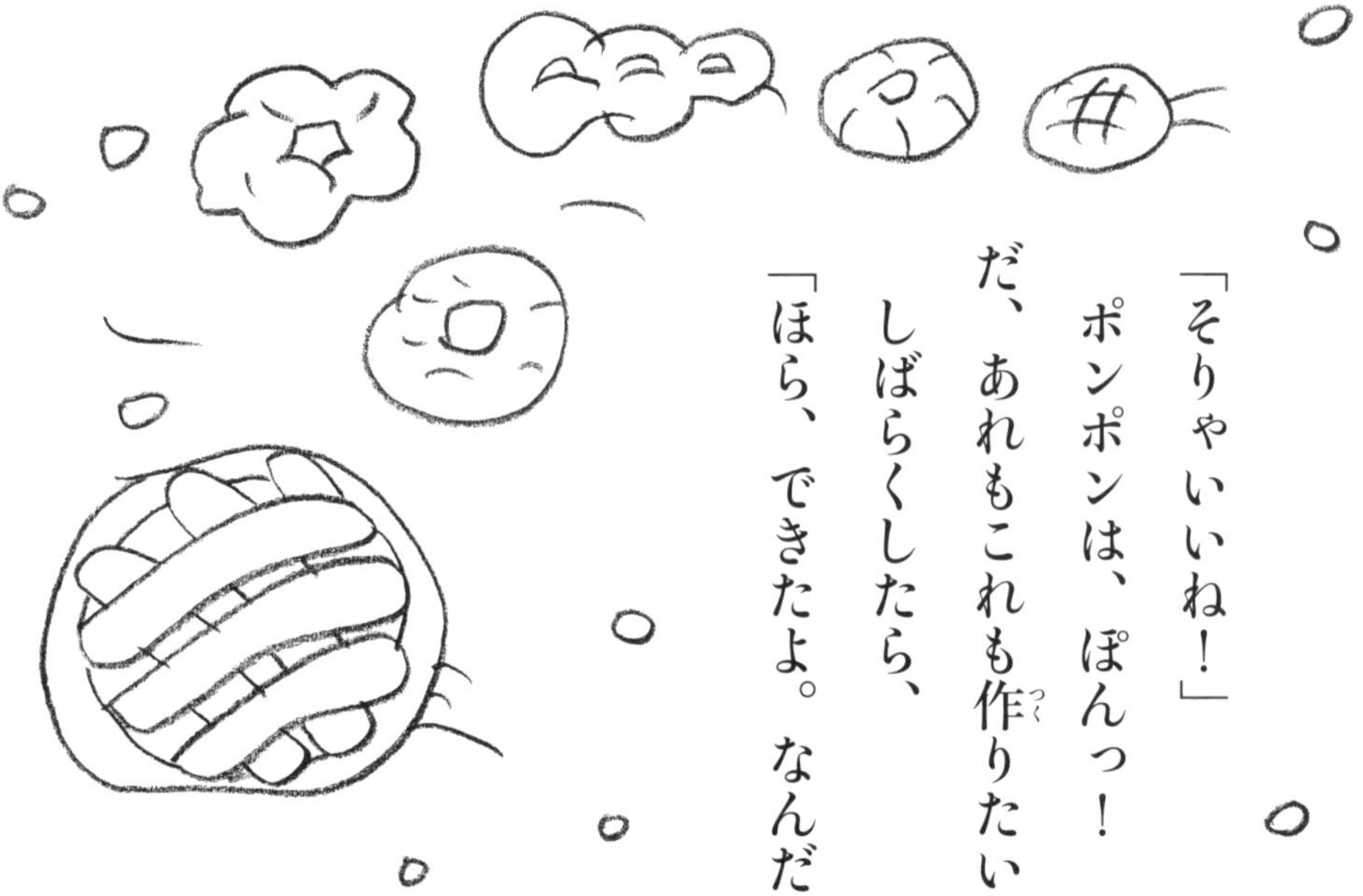

「そりゃいいね！」

ポンポンは、ぽんっ！　とジャンプ。なにを作《つく》ろうかな？　そうだ、あれもこれも作《つく》りたい！　さっそく手《て》が動《うご》きはじめました。

しばらくしたら、

「ほら、できたよ。なんだと思《おも》う？」

「ドーナツだね？」とチビコちゃん。

「わっかのドーナツも、ねじりドーナツもあるね」

うなずきながら、ポンポンはもう次《つぎ》のものを作《つく》っています。

今度《こんど》は、パイでした。

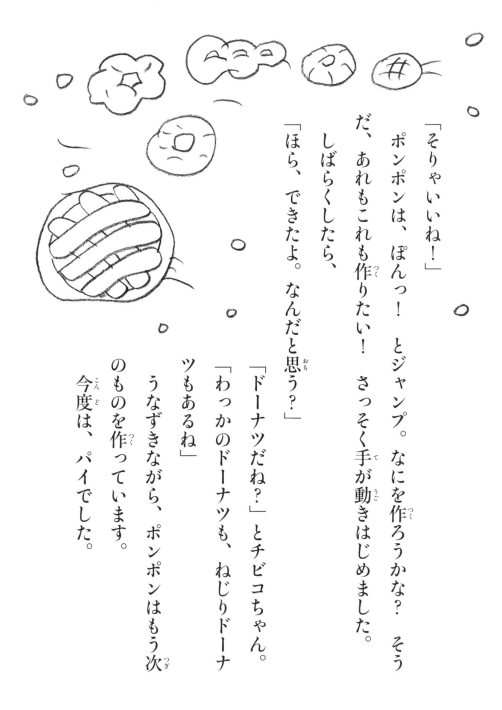

「なんのパイかなあ？」と子《こ》ねこちゃんが首《くび》をかしげていると、ポンポンは雪《ゆき》でりんごを作《つく》ってみせました。

「そっか、アップルパイなんだ？」

そのあとには、三角《さんかく》おにぎり、五段《ごだん》重《がさ》ねのケーキ、大《おお》きなエビフライ、ふっくらシュークリーム、シュガーコーンの上《うえ》に六《むっ》つも七《なな》つも重《かさ》ねたアイスクリーム……

「あれっ。これは、お魚《さかな》？　雪《ゆき》の中《なか》を泳《およ》いできたの？」

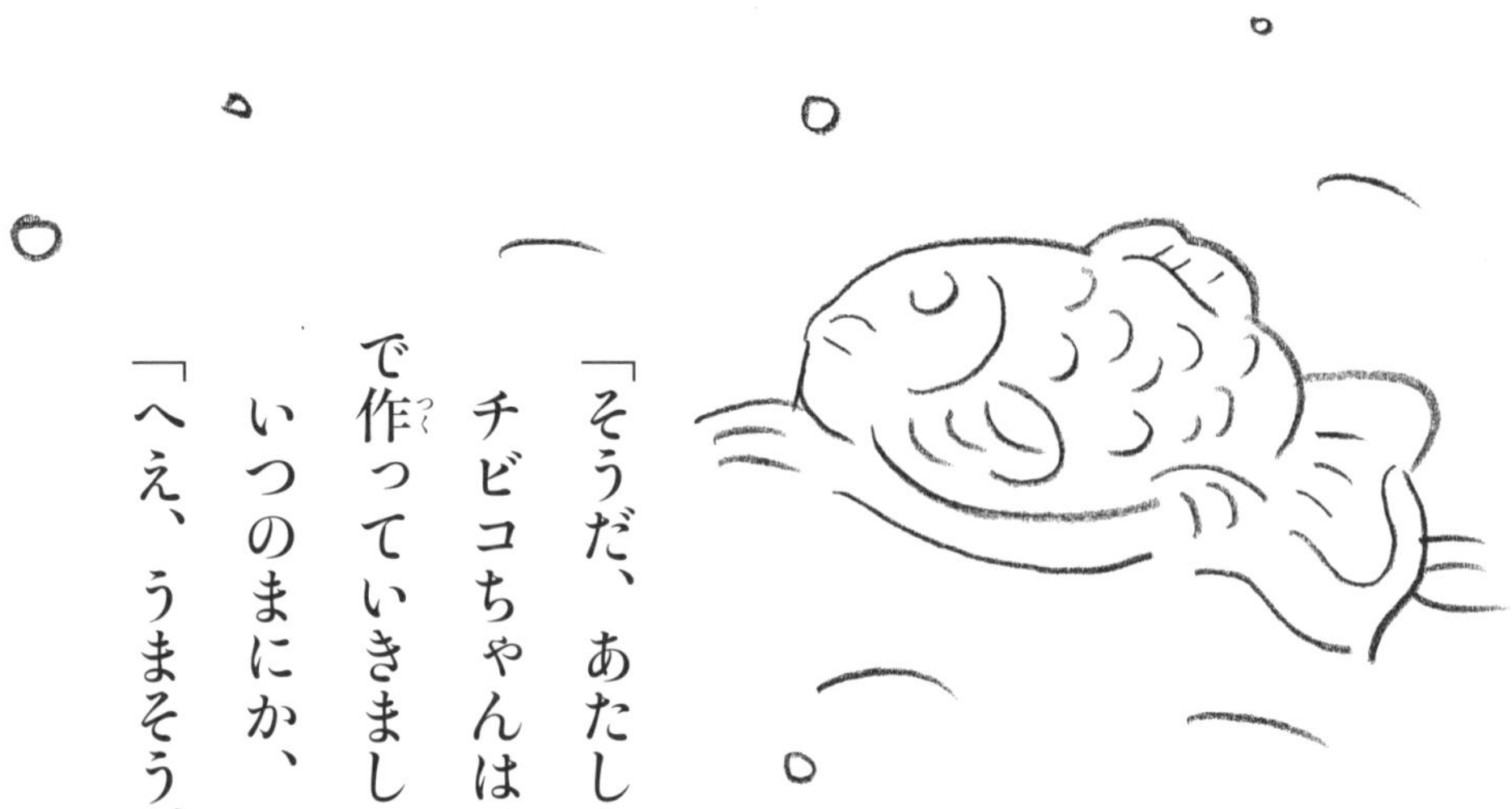

「これはね、たいやきだよ。焼《や》きたて熱々《あつあつ》なんだ」

「そっか。じゃあ、雪《ゆき》が溶《と》けないように気《き》をつけないと」

ふたりは顔《かお》を見合《みあ》わせて、くすくす笑《わら》いました。そして、

「そうだ、あたしもいいこと思《おも》いついちゃった」

チビコちゃんは、ごちそうをのせるためのお皿《さら》や器《うつわ》、ボウルを雪《ゆき》で作《つく》っていきました。

いつのまにか、そのようすを動物《どうぶつ》たちが見《み》ていました。

「へえ、うまそうだな！　せっかくだから、テーブルがあったら、

もっといいと思《おも》わない？」とツネ吉《きち》。

「うん。それなら、お料理《りょうり》をどっさりのせられるように、いくつもテーブルを作《つく》ろうよ。ぼくも手伝《てつだ》うからさ」とキリンのリン。

「テーブルの上《うえ》に飾《かざ》る、お花《はな》もあったほうがいいんじゃない？」とコアラのララコ。

「ちょっと待《ま》ってよ、テーブルだけじゃ足《た》りないだろう？　立《た》ちっぱなしでいるつもりかい？」

「椅子《いす》がほしいよね。あたしたちが作《つく》るね」

そう言《い》ったのは、カヨおばさんとハナでした。

「椅子《いす》？　おかあさんとハナに作《つく》れるの？」とタロー。

「しようがない、ぼくたちも手伝《てつだ》うか」とジロー。

ヘビの三《さん》にんむすめもくねくねと身《み》をくねらせ、

「あたしは、ナイフやフォークを作《つく》ろうかな、がらがらがら」とガラガラヘビのガーラ。

「スプーンもいるね」とコブラのラブコ。

「じゃあ、あたしは、お箸《はし》を」とニシキヘビのニッキー。

ヘビたちはナイフやフォーク、スプーン、箸《はし》は使《つか》わないのに――

でも、だれかのために、なにかを作《つく》る、なにかをするって、とってもすてきなことですよね。

ほかの動物《どうぶつ》たちもみんな、だれかを手伝《てつだ》いました。シャベルで雪《ゆき》を集《あつ》めたり、スコップでかたちを作《つく》ったり。

ね！　そうやって時《とき》が過《す》ぎていったのです。

「もうそろそろ、できたころかしら」

動物《どうぶつ》たちにあたたかい飲《の》みものを差《さ》し入《い》れしようと、ポットと紙《かみ》コップを入れたバスケットを持《も》って、ジャッキーがやってきて、

「あら、まあ！」と声《こえ》をあげました。

「ワタクシがちょっと目《め》をはなしているあいだに、意外《いがい》な展開《てんかい》になっているじゃないの。みんなで力《ちから》を合《あ》わせているってわけね？　で、作《つく》っているものは？」

「なんだと思《おも》う？」とポンポン。

「あらあらあらあら！」

「ね、気《き》に入《い》った？」とチビコちゃん。

「まあまあまあまあ！」

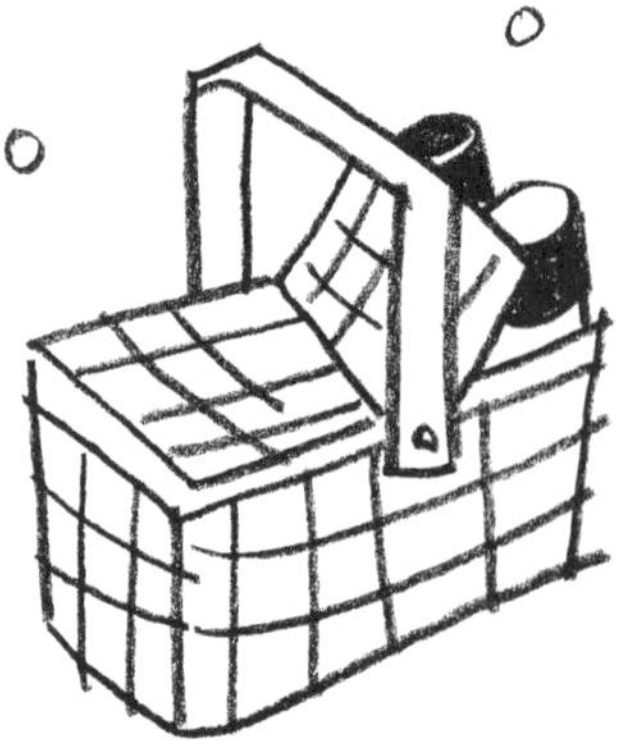

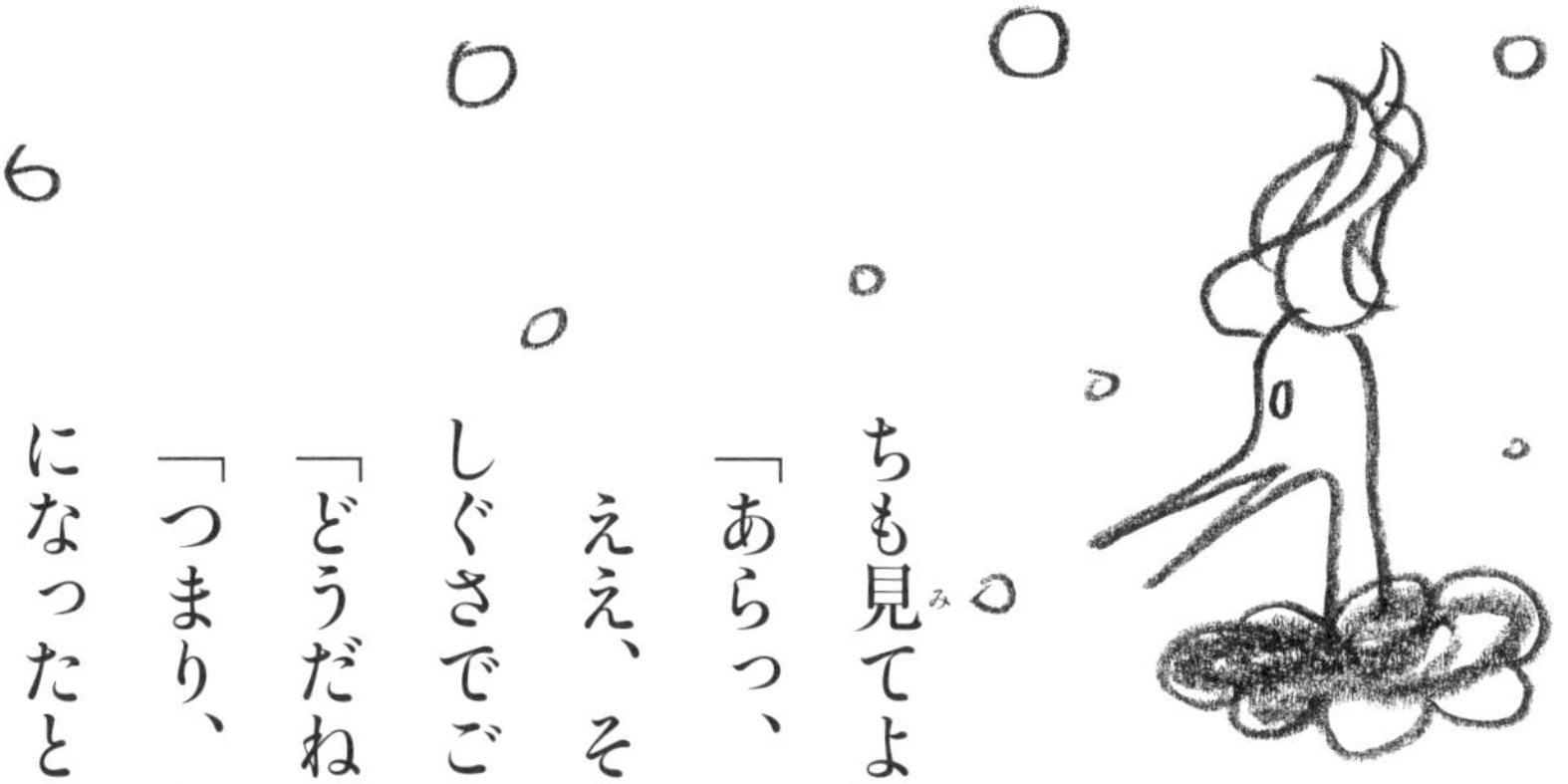

ジャッキーは、とさかをふるわせました。

「雪《ゆき》のきら星《ぼし》亭《てい》ってことなの？　ごちそうがたくさん！　パーティーって感《かん》じね、お花《はな》も飾《かざ》ってあるわ」

「びっくりするのは、まだはやいよ。ジャッキー、こっちも見《み》てよ」とツネ吉《きち》が指《ゆび》さすほうへ目《め》をやると、

「あらっ、ワタクシじゃないの！」

ええ、そうです。真《ま》っ白《しろ》なクジャクが椅子《いす》に腰《こし》かけて、気《き》取《ど》ったしぐさでごちそうを食《た》べようとしているところでした。

「どうだね？」とギイじいさんが誇《ほこ》らしげにたずねました。

「つまり、わしらが好《す》きなものを好《す》きなように作《つく》ったら、きら星《ぼし》亭《てい》になったということなんじゃ」

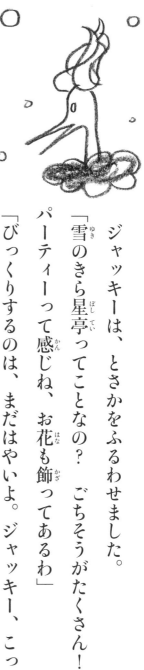

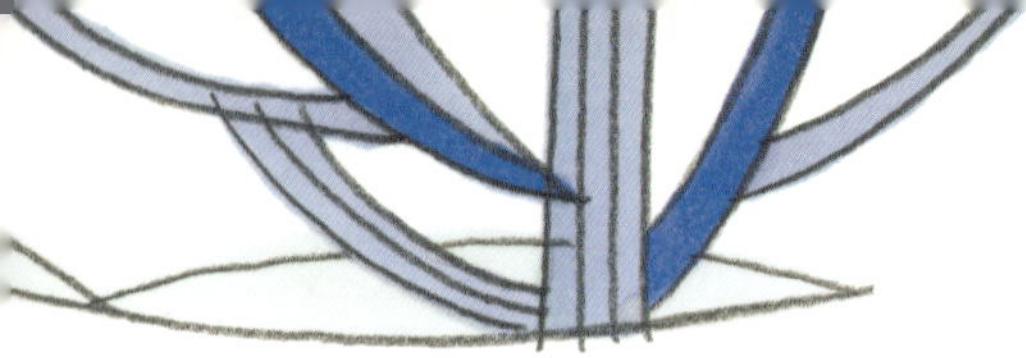

「なんて、きれいなんでしょう!」
「きれいって、なにが?
ジャッキーが?」
リンがからかうような
調子《ちょうし》でたずねたら、
「ええ。ワタクシも、ごちそうも、
ここにあるなにもかも」

ジャッキーは目《め》をうるませて答《こた》えました。そして、雪《ゆき》でできたクジャクをぎゅっと抱《だ》きしめたとき、涙《なみだ》がぽたっと落《お》ちて、とさかの先《さき》っちょが溶《と》けてしまいました。

「ありがとう。大感激《だいかんげき》だわ。ごほうびは、だれかひとりではなくて、みなさんに差《さ》しあげなくちゃね」

やったあ！　ごほうびだ！　動物《どうぶつ》たちは歓声《かんせい》をあげました。

でも、だれよりもよろこんだのは、ポンポンです。

「ジャッキー、ごほうびは、おいしいもの？」

「ええ、そうよ」

「なあに？　どんなおいしいものなの？」

「それは、あなたに聞《き》きたいわ、ポンポン」

「へっ？」

「だって、ワタクシのかわいいコックさん、ごほうびのおいしいものは、あなたに作《つく》ってもらわなくちゃならないんだもの」

「そっか、そりゃそうだよね」

ポンポンが、ぽんっ！　と手《て》を打《う》ち合《あ》わせると、ジャッキーが羽《はね》を広《ひろ》げて、ばさ、ばさばささばさっと勢《いきお》いよくあおり立《た》てました。

「さあ、ポンポン、なにをごちそうしてくれるの？」

なにがいいかな？　なにを作《つく》ろう？　またしても、次《つぎ》から次《つぎ》へと、おいしいものがポンポンの頭《あたま》に浮《う》かびます。

だからね、どうしよう？

そうだ、こうしよう！　と決《き》めました。

「ね、チビコちゃん、
きみはなにが食《た》べたい?」
「え? あたしが食《た》べたいもの?」

「うん。だって、きみがぼくに、雪《ゆき》でごちそうを作《つく》ったら？　って
言《い》ってくれたんだもの。ごほうびはきみが食《た》べたいものにしよう」

そうだね！　それがいいよ！　動物《どうぶつ》たちもうなずきました。

チビコちゃんはヒゲをふるっとふるわせて、

「ええと、ええと……」

大好物《だいこうぶつ》のものなら、たくさんあります。でも、たった今《いま》、食《た》べたいものを思《おも》いつくのに、さほど時間《じかん》はかかりませんでした。

「あのね、さっきからずっと、食《た》べたかったものがあるの」

なあに。なんでしょう？

「たいやき！　かわいいかたちで、焼《や》きたて熱々《あつあつ》！」

そうです、雪《ゆき》を溶《と》かしちゃうほど。

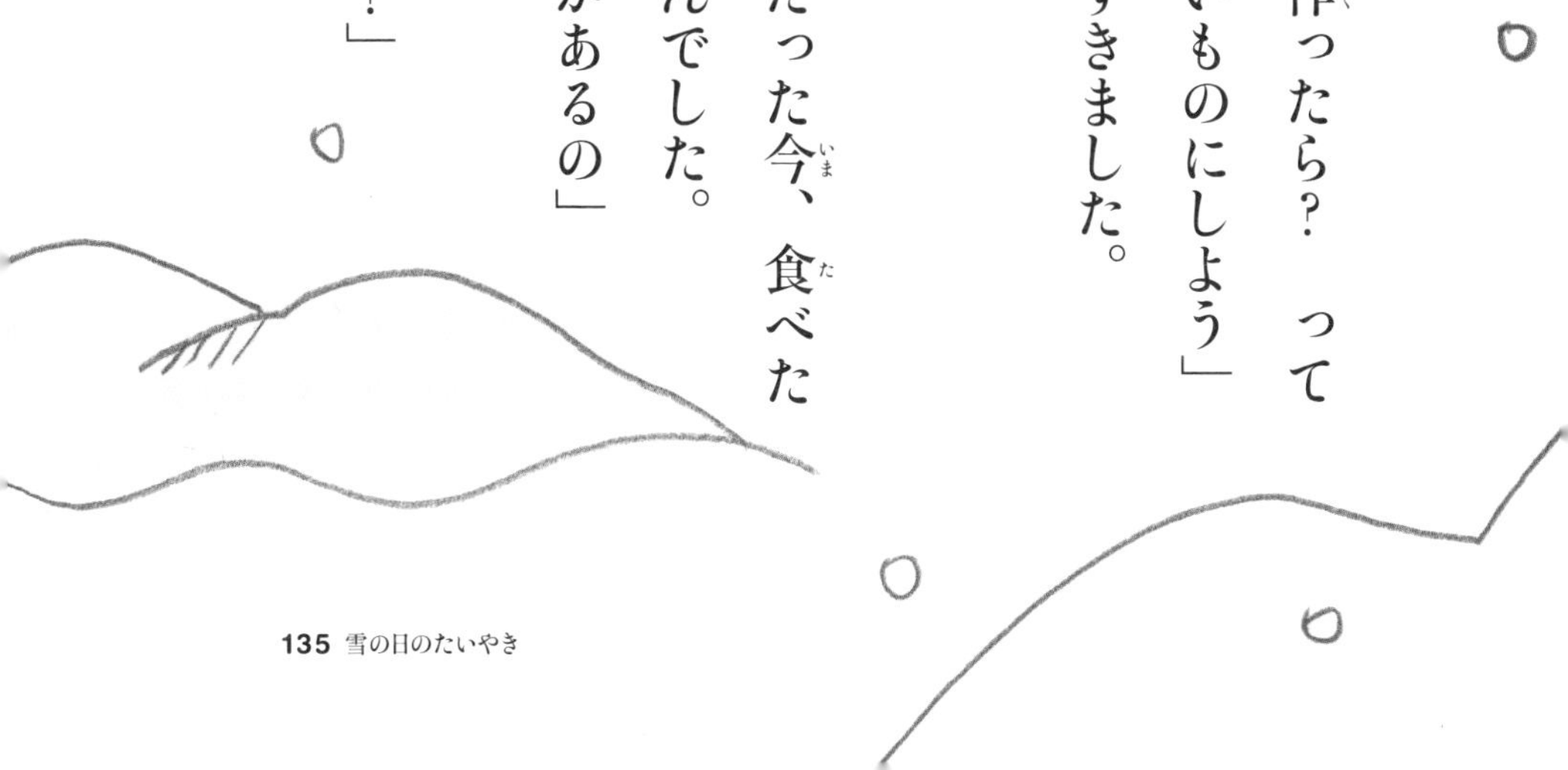

寒《さむ》さを忘《わす》れてしまうほど。

「かりっとして、ふんわりして、あんこがほんのり甘《あま》いの。どう?」

いいね！　食《た》べたいね！　あちこちから声《こえ》があがりました。

「じゃあ、きら星亭《ぼしてい》へ行《い》きましょう」

ジャッキーが先頭《せんとう》に立《た》ち、そのあとにポンポン、チビコちゃん、動物《どうぶつ》たちがつづいて、雪《ゆき》の道《みち》を歩《ある》きました。

そして、レストランに着《つ》くと、ぽ

ん、ぽんぽんっ！　ポンポンは軽《かろ》やかなステップで、あっちへ行《い》き、こっちへ行《い》き、あずきを煮《に》たり、砂糖《さとう》や小麦粉《こむぎこ》の分《ぶん》量《りょう》を計《はか》ったり、卵《たまご》を割《わ》ったり、大《おお》いそがしです。

ことことと、ことことと、やがて、あずきがほどよく煮《に》えてきました。つやつやと光《ひか》って、いい色合《いろあ》いです。

あんこの準備《じゅんび》ができたところで、今度《こんど》は皮《かわ》の材料《ざいりょう》を混《ま》ぜ合《あ》わせて、たいやきの型《かた》に流《なが》しこみ、火《ひ》にかけました。

たちまち、こうばしい匂《にお》いがただよいました。

「さあ、どんどん、できるよ。熱《あつ》いうちに食《た》べてね」

ありがとう、ポンポン！　動物《どうぶつ》たちは、焼《や》きあがったたいやきを受《う》け取《と》って、夢中《むちゅう》になって食《た》べました。薄《うす》い皮《かわ》はかりっと香《こう》ばしく、尾《お》っぽの先《さき》までぎっしりあんこがつまっています。

なんて、おいしいの！

チビコちゃんがいれたお茶《ちゃ》もいい香《かお》りなのです。

「ぼく、もうひとつ食《た》べたいな」

「あたしも」

そんな声《こえ》があちこちからあがって、ポンポンは材料《ざいりょう》がつづくかぎり焼《や》きました。

そして、動物《どうぶつ》たちのお腹《なか》が満《み》ちたころ、

ポンポンとチビコちゃんも
ようやく、のんびりと、
たいやきを食《た》べました。
「ごほうび、うれしいな」
「からだがあったまるね」
「たいやき、大《だい》好《す》き」
「ぼくも大《だい》好《す》き」
大《だい》好《す》き、と言《い》ったら、
心《こころ》があったかくなりました。

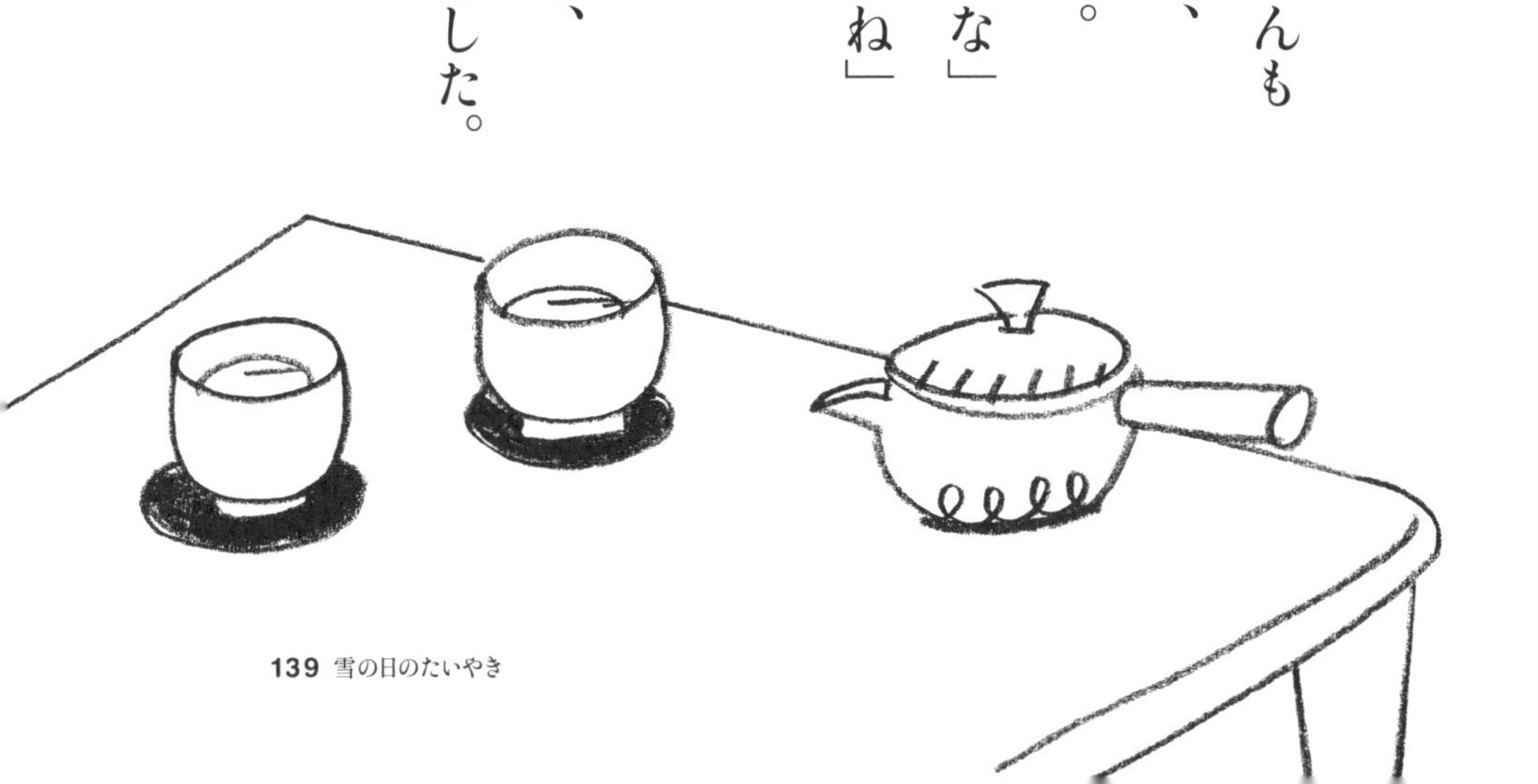

雪《ゆき》はまだ降《ふ》りしきっています。
おうちも木々《きぎ》も、道《みち》も広場《ひろば》も、
この街《まち》のなにもかもを真《ま》っ白《しろ》に
つつみこんでしまいそうです。
ふんわりと優《やさ》しく。
つめたいけれど、あたたかく。
大好《だいす》きな友《とも》だち、
大好《だいす》きな仲間《なかま》たち。
きら星亭《ぼしてい》には、
今日《きょう》もにぎやかな笑《わら》い声《ごえ》が
ひびいていて、

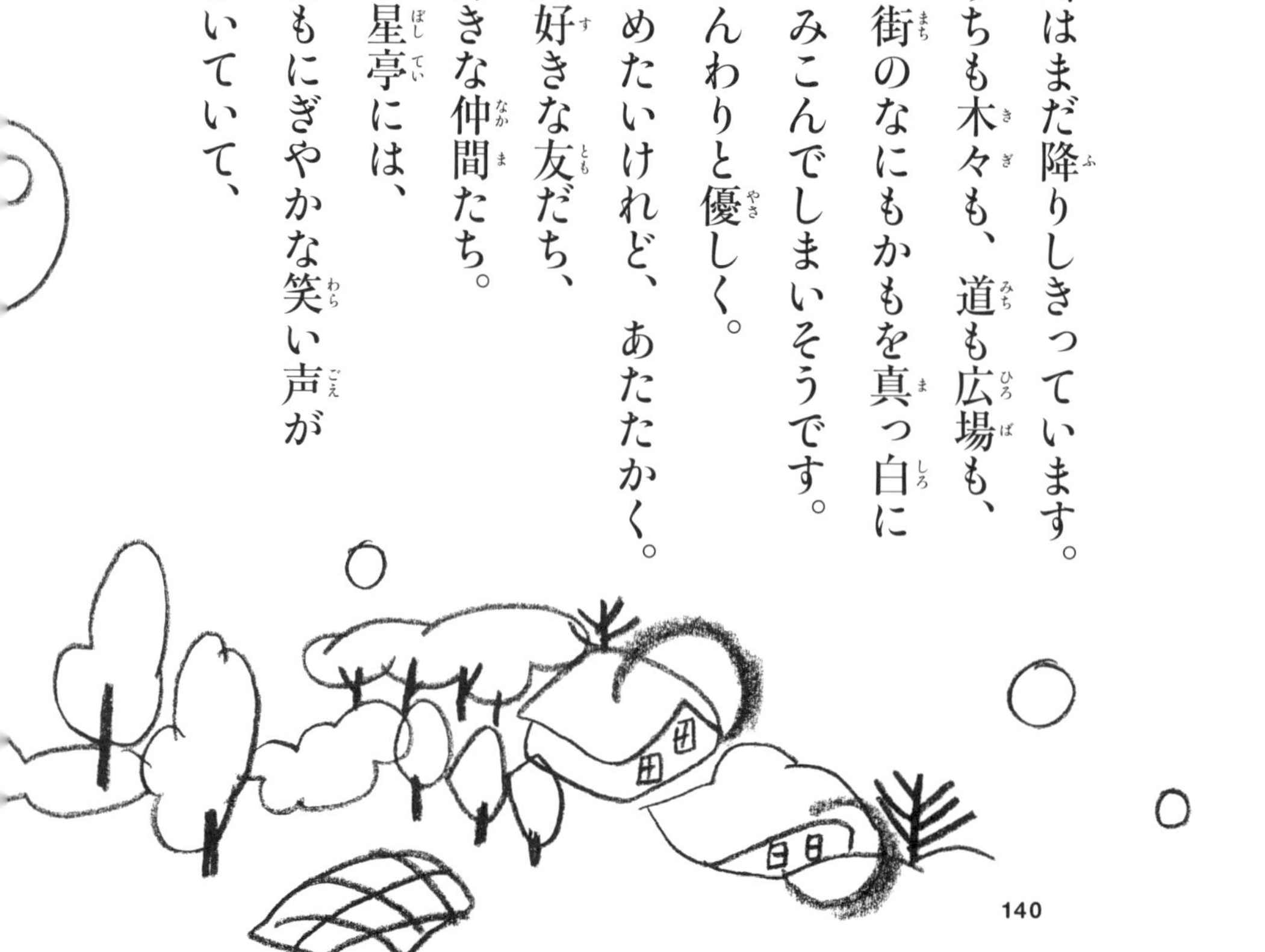

ポンポンもチビコちゃんも、
うれしくて、おいしくて、
満《み》たされていて――

ええ、そうですとも！
このうえなく幸《しあわ》せなのでした。

作者── 野中 柊 のなか・ひいらぎ
1964年生まれ。立教大学卒業後、
在米中の1991年「ヨモギ・アイス」で
海燕新人文学賞を受賞して作家デビュー。
小説に
『ヨモギ・アイス』(集英社文庫)
『小春日和』(集英社文庫)
『ひな菊とペパーミント』(講談社文庫)
『きみの歌が聞きたい』(角川文庫)
『プリズム』(新潮文庫)
『マルシェ・アンジュール』(文藝春秋)
『昼咲月見草』(河出書房新社)
『公園通りのクロエ』(祥伝社)
『波止場にて』(新潮社)など、
エッセイ集に
『きらめくジャンクフード』(文春文庫)など、
童話や絵本に
『ミロとチャチャのふわっふわっ』
『ようこそ ぼくのおともだち』(あかね書房)
『赤い実かがやく』(そうえん社)
『ヤマネコとウミネコ』
『本屋さんのルビねこ』(理論社)など、
著書多数。

画家── 長崎訓子 ながさき・くにこ
1970年東京生まれ。
多摩美術大学染織デザイン科卒業後、
フリーのイラストレーターとして、
単行本の装画・挿絵など、多方面に活躍中。
著書に
『長崎訓子の刺繍本』(雄鶏社)、
作品集『Daydream Nation』(PARCO出版)、
『COLLAGES』(ハモニカブックス)、
漫画『Ebony and Irony 短編文学漫画集』
(パイインターナショナル)、
『MARBLE RAMBLE 名作文学漫画集』
(第19回文化庁メディア芸術祭マンガ部門
審査委員会推薦作品 同前)など、
挿絵や絵本の仕事に
『ショート・トリップ』(集英社)、
『リンゴちゃん』シリーズ(ポプラ社)
『絵本 眠れなくなる宇宙のはなし』
(講談社)などがある。

パンダのポンポン
魔法のハロウィン・パイ
2018年9月初版
2018年9月第1刷発行

作者―野中 柊
画家―長崎訓子
デザイン―杉坂和俊
発行者―内田克幸
編集―岸井美恵子
発行所―株式会社 理論社
〒101-0062 東京都千代田区神田駿河台2-5
電話 営業 03-6264-8890
編集 03-6264-8891
URL https://www.rironsha.com
印刷・製本―中央精版印刷

ISBN978-4-652-20266-1 NDC913
A5判 22cm P142

〈好評《こうひょう》シリーズ〉

パンダのポンポン

野中《のなか》柊《ひいらぎ》・さく　長崎《ながさき》訓子《くにこ》・え

ポンポンは、レストランのコックさんです。料理《りょうり》が上手《じょうず》で、おまけに食《く》いしん坊《ぼう》。
だからポンポンのお話《はなし》には、いつも、おいしそうな食《た》べ物《もの》が、いっぱい出《で》てくるんです。

1巻《かん》め!
パンダのポンポン
夢《ゆめ》の中《なか》にでてきた、おいしそうなサンドイッチをほんとうに、作《つく》ってみよう。

2巻《かん》め!
青空《あおぞら》バーベキュー
とくべつなお客《きゃく》さまのために作《つく》る、世界《せかい》で一番《いちばん》おいしい料理《りょうり》って、なにかしら?

3巻《かん》め!
クリスマスあったかスープ
クリスマスの夜《よる》に食《た》べる料理《りょうり》のことを考《かんが》えただけでもう、うきうきしてしまいます。

4巻《かん》め!
アイスクリーム・タワー
夏《なつ》がやってきました。だから、夏《なつ》のおいしい食《た》べ物《もの》のことで頭《あたま》の中《なか》はいっぱいです。

5巻《かん》め!
クッキー・オーケストラ
料理《りょうり》対決《たいけつ》だって⁉ でも、料理《りょうり》は作《つく》るより食《た》べるほうが好《す》きなんだけど…。

6巻《かん》め!
パンパカパーンふっくらパン
運動会《うんどうかい》なのに走《はし》ることより食《た》べることに夢中《むちゅう》なのは、だれ?

7巻《かん》め!
サイクリング・ドーナツ
自転車《じてんしゃ》に乗《の》ったり山《やま》に登《のぼ》ったり…。楽《たの》しいけれど、お腹《なか》が空《す》くよ。

8巻《かん》め!
夜空《よぞら》のスター・チャウダー
星空《ほしぞら》を見上《みあ》げながら、パジャマパーティーを開《ひら》いたよ。楽《たの》しい! さて、お夜食《やしょく》は何《なに》かな?

9巻《かん》め!
空飛《そらと》ぶおべんとうツアー
ジャッキーの招待《しょうたい》で、みんなで大空《おおぞら》へ! 雲《くも》の上《うえ》で食《た》べるおべんとうの味《あじ》は?

10巻《かん》め!
魔法《まほう》のハロウィン・パイ
今夜《こんや》は、ハロウィンパーティーだよ。なにを着《き》ていこう? ごちそうも楽《たの》しみ!

『ポンポン クック ブック』もあるよ!
幸《しあわ》せをはこぶレシピがいっぱい。